SIMON PARCOT

LE CHANT DES PENTES

LE MOT ET LE RESTE
2024

« Si on savait [...] ce que disent les pierres, les fleurs, la pluie !
Peut-être bien qu'elles appellent, qu'elles nous appellent, et que nous, on n'entend pas. Quand est-ce que les oreilles des gens s'ouvriront ? Quand est-ce qu'on aura les yeux ouverts pour voir ? Quand est-ce qu'on ouvrira les bras pour s'embrasser tous, les pierres, les fleurs, la pluie, les hommes ? »

Alexis Zorba, Nikos Kazantzaki

« Tout ce qui n'est pas assumé n'est pas transformé. »

Jean-Yves Leloup

NOTES SUR LA TRANSCRIPTION DE LA LANGUE SIFFLÉE

La langue sifflée est un calque sifflé de la langue parlée que l'on utilise pour amplifier la portée d'une phrase. On en recense environ soixante-dix formes dans le monde, mortes ou actives, principalement pratiquées par des bergers. Les plus connues sont le « silbo gomero » (Canaries, île de la Gomera), le « sfyria » (Grèce, Sud de l'île d'Eubée), le « turc sifflé ou langue des oiseaux » (Turquie, village de Kuşköy) ou le « mazatèque sifflé » (Mexique, Nord de l'État d'Oaxaca). En France, on pratiquait encore l'occitan sifflé (« lo siular d'Aas ») jusqu'au siècle dernier dans le petit village d'Aas (Béarn, vallée d'Ossau).

Dans le cadre de cet ouvrage, nous avons choisi de faire un calque sifflé simple et efficace du français. Afin de retranscrire les phrases sifflées et faciliter leur lecture, nous les avons symbolisées par trois fréquences distinctes (basse, moyenne, haute) représentées sur un sonagramme comprenant le temps en abscisses (secondes) et les fréquences en ordonnées (hertz). Chaque mot a été décomposé en syllabes sifflées dont la hauteur/fréquence est représentée par un motif que nous avons extrait du sonagramme pour l'intégrer dans le texte (cf. graphique ci-dessous).

Précisons que nous ne sommes pas spécialistes de cette langue, que cette transcription et son usage sont des interprétations personnelles relatives à cette création littéraire. Ainsi, elle ne prétend pas représenter la réalité des langues sifflées pratiquées aujourd'hui, ni la rigueur de leurs représentations. Nous renvoyons plutôt le lecteur curieux à la littérature existante sur le sujet, notamment aux travaux de Guy Busnel,

Julien Meyer ou encore, au livre de René Arripe, *Les Siffleurs d'Aas*, qui permettent une meilleure compréhension de cette langue et des collectifs qui l'ont utilisée ou l'utilisent encore.

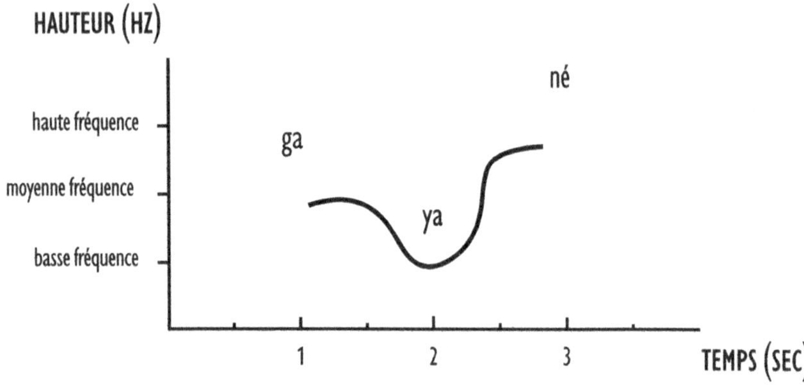

LES PERSONNAGES

Gayané

*

Maniolos

*

La Mule

*

Hélias

*

I

CE QUE NOUS APPORTE L'AURORE

Nous vivons dans la vallée, bien loin au pied des alpages.

Le village est petit, rares sont les habitants.

Nos maisons sont plantées dans d'épais entrelacs d'arbres qui tapissent le fond du vallon.

Au milieu des arbres navigue la brume. La brume nous constitue, elle gomme les contours du monde, nous évite les certitudes et forme l'origine de nos rêves. En elle vivent la foudre, les chocards et quelques anges ou démons qui serpentent entre les éclairs.

Lorsque la brume se déchire, elle dévoile au-dessus de notre village *la Forêt,* pleine de mousses et de ronces. Puis, *la Forêt* laisse place aux pentes douces de *l'Alpage du Grand Lac*, un vaste tapis d'herbe dans lequel est fichée une perle d'altitude, le Grand Lac aux eaux pures. Parfois, les panaches remontent jusqu'à se désagréger dans le ciel. Alors, nous pouvons apercevoir les contours de *la Montagne Lumineuse,* blanche et belle comme un rêve, bien qu'elle demeure tachée de sang.

La Montagne Lumineuse est une apparition, une source, une sainte, une figure tutélaire, un dieu nourricier, un taureau ailé, une vache sacrée. Le soleil ruisselle sur ses pentes, ses pentes coulent vers les herbes, puis les herbes abreuvées de glace fondue vont dans les estomacs de nos brebis et nos chèvres. Les ventres les transforment ensuite en un lait blanc et lumineux que nous buvons au terme du printemps. Nous relevons la tête, chassons de nos visages les larmes de l'hiver et absorbons avec vigueur ce nectar plein de neige et de soleil, la tête tournée vers la Montagne, le cœur reconnaissant envers ces pentes lointaines qui guérissent nos gorges et nourrissent nos enfants.

Au-dessus de la Montagne Lumineuse, quelques démiurges s'amusent à peindre le ciel de mille couleurs. À l'aube ou au crépuscule, ils lignent l'horizon de plusieurs touches de rouge, de bleu, de jaune et de vert, qui descendent des nuées pour habiller les yeux de nos enfants. Ces derniers vont ensuite par les ruelles en courant, les iris bariolés de ciel, riches de ce que nous apporte l'aurore.

La Montagne Lumineuse marque la fin de notre univers. Après elle est le Monde. Mais peu d'entre nous s'aventurent jusqu'à lui. Car le Monde est plein de fureur.

Il éclate en des lambeaux de ferraille qui blessent les arbres, brise les pierres et scie les racines de nos croyances. Il lacère nos oreilles de bruits stridents, vide nos cœurs de grâce, salit le lait de la Montagne et gomme toutes les couleurs de l'aube.

Heureusement, cette fureur passe rarement les cols. Ainsi nous demeurons en paix dans notre petit village, bien loin au pied du Grand Lac, à l'abri du feu, du fer et de la violence.

***

L'été, les villageois se retrouvent sur la place de l'église et conversent de la garde des bêtes, du travail aux champs, des glaciers qui craquent et du retour des loups. Sur les toits en ardoise de la chapelle, nos morts se chamaillent et nous regardent dans l'attente que de futures générations de Tombés les rejoignent. L'été, nous faisons la fête : les enfants naissent, les femmes louent la clarté de la lune, les jeunes se rencontrent, les anciens s'enivrent de vin et de soleil, ce qui les maintient en vie longtemps (le plus vieux d'entre eux, dit-on, aurait même vécu jusqu'à deux cent treize ans, mais là est une rumeur sans fondement que l'on se lègue pour accentuer la dimension merveilleuse de nos existences). Lorsque l'aube arrive, nous nous endormons ensemble dans les champs, ivres de fatigue et d'amour, pleins de gratitude envers cette vie qui, pendant l'espace d'une nuit, nous a semblé digne d'être vécue.

L'automne, la neige saupoudre les sommets. Le soleil se cache derrière les montagnes, la lumière baisse, le froid revient, les bouleaux de feu allument mille brasiers. Nous nous emplissons de mélancolie, pensons aux vestiges de l'été, tournons le regard vers l'hiver, cet immense mur blanc qui se dresse à l'horizon et dont nous redoutons la venue. Nous égorgeons nos bêtes, les lames de nos couteaux annulent leurs vies, les agneaux s'envolent légers vers le ciel tandis que leur viande prend pour nous une valeur et un poids. Coupables mais soulagés, nous salons les carcasses, regrettons les sacrifices, ralentissons les battements de nos cœurs, glissons en nos chalets, puis nous rapprochons un peu plus du centre de la terre, où le silence nous attend.

L'hiver, la neige recouvre les contours du monde, et nous, nous nous collons aux murs de nos maisons en protection du vent et de la nuit. Prisonniers d'un temps sans horloges, nous nous contons de folles histoires de diables et de bergers, de tempêtes et d'ascensions infinies, quand dehors le froid mord et les hommes meurent en glissant sur de longues plaques de gel. Lorsque la terre accepte de s'ouvrir, nous déposons nos défunts en elle et couvrons leurs tombes d'épis séchés en attendant que reviennent les fleurs. Leurs corps alourdissent un peu plus le sol, et nous, nous pestons et maudissons l'existence, ce long et absurde tissu de souffrances qui se termine par la mort.

Nous buvons beaucoup. Par habitude d'abord, pour supporter la pesanteur des nuits d'hiver et le poids des morts dans la terre gelée, mais par exception aussi, pour nous relier au cosmos lors de danses nocturnes et estivales. Car nous n'entassons pas le surplus de nos récoltes dans les greniers et ne le convertissons pas en argent, comme le font les gens du Monde plein de fureur. Nous dilapidons plutôt nos richesses en communions avec la foudre, les anges et démons qui habitent les brumes. Nous célébrons les unions et les naissances, appelons le soleil afin qu'il revienne autour de nos brasiers. Nos boissons égayent nos cœurs farouches. Elles nous rendent notre liberté, réveillent nos fauves, forment les contours de nos folies et de nos rêves. Parfois, elles nous procurent une telle ivresse que les bords des montagnes ondulent, et que nos corps se diluent jusqu'à s'accoupler avec les étoiles.

Au printemps, la neige fond et la nature ressuscite. La neige devient herbe et l'herbe devient lait, ce même lait ensoleillé qui coule de la Montagne Lumineuse pendant l'été. Nos prêtres bénissent les vaches en les aspergeant de gouttes d'eau et de lumière mêlées, la nature crie sa victoire sur le néant, puis crible les alpages de fleurs aux couleurs pétrole et soleil que mangent ensuite nos brebis et nos chèvres.

C'est à cela que nous reconnaissons le printemps

À la blancheur des agneaux qui vont par les pâtures

Aux commissures dorées de nos bêtes qui mangent les cris de victoire du soleil

À la visite des mésanges qui égayent nos repas

À leurs chants qui éclaircissent davantage le jour

Parfois, l'une d'elles prend son envol pour traverser la rivière qui coule au milieu de notre village. Elle disparaît alors dans un amas de feuilles, laissant son amie prostrée sur la plus haute branche du poirier. Puis les mésanges se taisent, et le silence revient.

Le silence, encore le silence

Au milieu du silence, il y a le torrent et la Montagne Lumineuse

Qui suinte de sang en son sommet

Voilà ce qui arrive, dans notre petit village, bien loin au pied du Grand Lac

Des humains se racontent des histoires, des mésanges se parlent, l'une d'elles traverse le vallon puis le silence revient

Ce sont des choses que les gens du Monde trouvent futiles

Mais les gens du Monde ne peuvent comprendre

Car le Monde est plein de fureur

Il se fissure en un bruit d'apocalypse, les hivers n'y existent plus, le silence est un souvenir, les mésanges y sont mortes, les humains ont oublié le langage des bêtes. Certains franchissent les cols menant à notre village, mais ceux qui y parviennent ne restent pas longtemps. Le silence de la vallée les renvoie à la vanité de nos existences, des corbeaux nichent en leurs têtes et installent chez eux une tristesse qu'ils ne parviennent pas à surmonter. Lorsque le ciel redescend sur la terre chargé de brumes et de pluies, ils fuient pour retrouver le Monde. Quant à nous, nous revenons alors à la vie paisible que nous décrivons.

II

LE RÊVE DE GAYANÉ

Paisible, notre vie l'était, du moins, jusqu'à ce jour où un rêve est tombé des montagnes pour venir peupler la chevelure de Gayané. Car chez nous, les rêves descendent des pentes, s'emmêlent dans l'esprit des jeunes filles, et bouleversent ainsi, en l'espace d'une phrase et d'une nuit, l'équilibre de tout un village.

Gayané était l'une des filles les plus courageuses de notre communauté. Elle faisait partie de ces enfants aux yeux bariolés par les palettes de Dieu qui avaient coulé en eux, puis s'étaient retirées comme la mer se retire du rivage, les laissant plein de verts et de jaunes, de fleurs et de nuages.
L'été, son regard scintillait comme une peau de serpent. L'hiver, il avait l'apparence de l'automne et une couleur de terre mouillée. Ses yeux étaient entourés de cheveux bruns couverts d'un tissu coloré ou liés entre eux par deux nattes qui facilitaient ses gestes lorsqu'elle travaillait à botter le foin.
Sa présence aux champs était utile et appréciée, son corps sec et musclé pouvait porter de lourdes charges, ses gestes étaient rapides et justes. Ils lui permettaient de ranger les balles avec aisance et efficacité. Lorsqu'elle se redressait, on pouvait apercevoir quelques brins de paille collés sur ses joues foncées par le soleil, ornées de ses yeux d'or et de foin. Mais si Gayané aux yeux d'or et de foin était belle, comme disaient les anciens, personne n'osait le lui dire, de peur de recevoir un

coup de fourche dans le flanc. Ses gestes, précieux au travail, trahissaient une agitation constante, voire « un agacement » qui donnait l'impression qu'elle peinait à exprimer ses pensées et émotions. Elle devait alors avoir recours à de multiples gesticulations qui venaient pallier ce manque de parole. En vérité, Gayané souffrait d'une absence de voix, d'une rétention de sa langue au fond de sa gorge, d'un blocage du langage au creux de son ventre, d'une anomalie que l'on appelait « mutisme », et qui touchait, en plus d'elle, une partie des enfants de notre village.

Là est l'un des mystères majeurs qui viennent entacher nos vies paisibles. Bien que nos corps soient sains et nos esprits limpides, une dizaine de nos fils et de nos filles subissent ce tragique handicap. Nous employons le mot « tragique », car y a-t-il pire qu'un humain privé du langage ? Plus dur qu'un homme ou une femme qui ne peut exprimer par le biais de mots clamés, criés ou chantés, les joies, les délices, les souffrances et les peines qui traversent nos chairs ? Nous pourrions vivre sans mains, sans bras, sans jambes, la langue viendrait quand même faire office de béquille ou de baume. Mais vivre sans la possibilité de la parole, c'est-à-dire sans la possibilité de donner du sens à ce qui semble ne pas en avoir, sans la possibilité de nommer, de dire, montrer, de prouver son existence aux autres, voilà parmi les pires souffrances que l'on puisse éprouver. Heureusement, nos fils et nos filles avaient trouvé une solution pour apaiser leurs maux : ils communiquaient entre eux par le biais de leurs mains, de leurs bras, par l'intermédiaire d'un pinceau, d'une plume, d'un instrument de musique, ou bien de mouvements exagérés du visage, ce qui leur permettait de rétablir du sens, de témoigner de leur présence et de vivre une vie proche de celle des êtres dotés de parole. Il va sans dire que cela devrait être accepté par l'ensemble du village, mais, en observant attentivement les grimaces des anciens, en écoutant au détour d'une conversation leurs remarques perfides, on comprenait que cette infirmité perturbait la plupart des habitants, incapables de rehausser leurs cœurs et de faire un peu de place à la différence. Bien que personne n'osât l'avouer, tous voyaient dans ce mutisme collectif une *malédiction* risquant de compromettre la perfection de nos existences.

Mais les malédictions n'existent pas. Elles ne sont que des jugements médiocres issus de notre ignorance, ou alors, des nœuds obscurs emmêlés dans les tréfonds de nos mémoires, des blessures niées qui se transmettent comme des colliers d'épines et qui cherchent à se délier par l'intermédiaire des rêves, comme celui qui un jour descendit des montagnes peupler la chevelure de Gayané.

C'était l'été. La jeune femme marchait seule sur un sentier aride qui allait entre deux falaises. Une lumière crue lui brûlait les yeux avant de s'estomper et de révéler devant elle, à la sortie du canyon, les contours d'une montagne blanche et majestueuse. Ses lignes étaient droites et parallèles, et ses arêtes d'égale mesure. Elles se rejoignaient, se recoupaient et se recourbaient sur elles-mêmes de sorte à former un cirque de pierre qui contenait un épais glacier. Sur les parois scintillaient des banquettes de neige aux proportions harmonieuses et de certaines coulaient des cascades aux eaux cristallines. C'était un ventre, un temple, ou plutôt, un sanctuaire dans lequel on posait le genou à terre en signe de reconnaissance envers les puissances mystérieuses qui s'exprimaient par l'intermédiaire des rochers.

Au milieu du canyon, Gayané entendit un sifflet retentir. Le son, aigu et joyeux résonna contre les parois avant qu'un autre ne crève l'air, puis s'accompagne d'un troisième et d'un quatrième. Très vite, le canyon fut saturé de sifflets qui longeaient les murailles, glissaient le long des assises de neige avant de parvenir aux tympans de la jeune femme. Gayané pensa d'abord à des cris de rapaces, mais elle vit une multitude d'hommes et de femmes vêtus de capes aux mailles serrées et portant de longs bâtons de berger descendre des montagnes. Arrivée à leur niveau, elle put voir leurs peaux marquées par le soleil, leurs yeux aussi clairs que la glace d'altitude, leurs cheveux aux racines de bruyère et, surtout, leurs cous piqués de petites plumes qui ressemblaient à des duvets d'aiglon. Ils levèrent leurs cannes vers le ciel, l'entourèrent de leurs bras, plantèrent les griffes de leurs regards en le sien et se mirent à lui parler en sifflant :

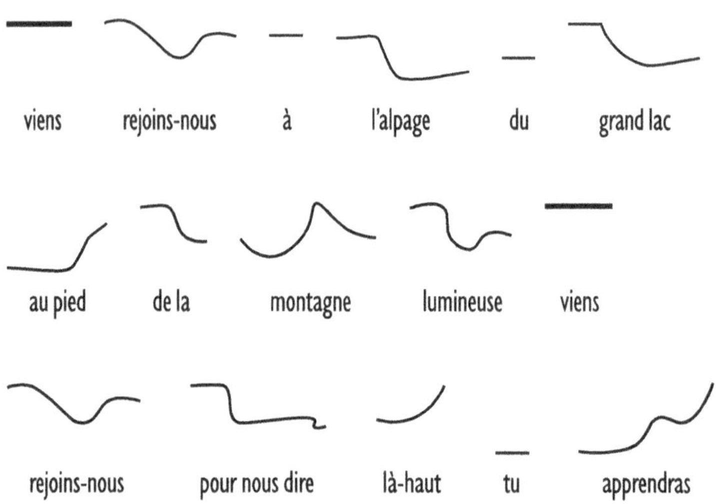

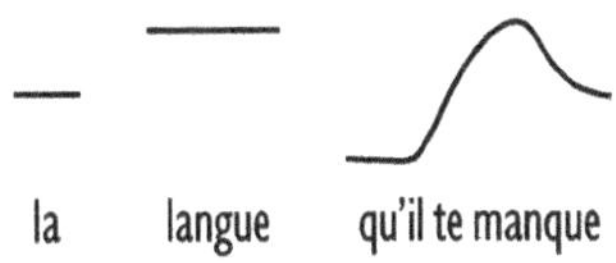

Ils claquèrent leurs bâtons, puis s'envolèrent. La montagne disparut avec eux, Gayané se réveilla seule sur sa couche dans l'étonnement d'avoir saisi leur langage. Elle se leva, but son café noir au milieu du soleil dans l'idée que le rêve s'estomperait. Mais le rêve resta fermement accroché à son esprit tout au long de la journée et enfanta une multitude de questions : qui étaient ces humains aux langues sifflées et aux peaux piquées de plumes d'aigle ? Comment pouvaient-ils connaître son mutisme et prétendre lui apprendre la parole ? Pourquoi leurs mots continuaient-ils à résonner et à se répandre en elle comme les signes d'une délivrance future ? Était-ce simplement un rêve ? Le fruit de son imagination ? Le surgissement inattendu et crypté de mémoires niées ? Et puis, quel était cet Alpage du Grand Lac évoqué dans le rêve et dont tout le monde parlait dans le village sans que personne n'ose s'y aventurer ?

Elle décida d'évoquer sa nuit avec Hélias, son ami au corps allongé, à la peau blanche, aux yeux bleus dont l'écarquillement donnait à croire qu'il découvrait le monde à chaque regard. Il avait l'esprit aiguisé et le cœur à découvert, ne tolérait ni l'injustice ni le mensonge, passait son temps à dire sans honte ni retenue ce qu'il pensait et ressentait, avec une honnêteté qui dérangeait la plupart des villageois. Ces derniers prenaient d'ailleurs un malin plaisir à se moquer de son air ingénu, ce qui leur permettait par la même occasion d'esquiver les problèmes qu'il dévoilait. Enfin, bien qu'il

disposât de la voix, il connaissait, peut-être mieux que tous, le langage particulier des enfants muets.
Hélias considéra le rêve de Gayané. Naïf, mais certain d'accomplir son devoir, il pensa juste de demander aux anciens si le rêve était pure fantaisie ou s'ils avaient entendu parler d'une communauté de bergers siffleurs au pied de la Montagne Lumineuse. Ils se rendirent ensemble à la place du village sur laquelle ils trouvèrent trois anciens assis sur le banc de la fontaine, occupés à regarder la vie s'écouler, vissés à de longues cannes de bois qui retenaient leur inexorable chute vers la terre.
– Eh bien, fils ! Tu as les sourcils froncés et le regard aussi curieux que celui d'une pie ! Pourquoi viens-tu à nous ? Que veux-tu encore savoir, toi Hélias, au cœur bien trop haut pour ce village ? dirent-ils en chœur
– Anciens, Gayané a fait un rêve.
À la vue de Gayané, la plupart détournèrent le regard. Hélias raconta le rêve, puis demanda :
– Avez-vous connaissance d'une communauté qui peuplerait l'Alpage du Grand Lac, au pied de la Montagne Lumineuse ?
Les rides de leurs visages se contractèrent encore. Une ombre passa dans le ciel, leurs doigts osseux se recroquevillèrent autour de leurs cannes. Ils crachèrent par terre :
– Ne parle pas de cet alpage garçon !
– Pourquoi ? demanda Hélias
À nouveau, ils répondirent d'une seule voix :
– Car il est maudit !
– Dites-en plus, anciens.
– Les bêtes qui y pâturent disparaissent, et les humains aussi.
Hélias signifia son étonnement.

– Ne cherche pas à en savoir plus Hélias au cœur trop haut pour ce village ! Nous venons de te dire que là-haut, les bêtes disparaissent, et les humains aussi. Éloigne-toi de cet endroit, et n'envisage pas d'y mettre les pieds.
Hélias insista mais les anciens l'interrompirent. Ils tapèrent leur canne sur le sol et crachèrent par terre pour mettre fin à la conversation.
– Ça suffit ! Oubliez ces fantaisies, les rêves qui descendent des montagnes sont de mauvais présages. Retournez plutôt courber vos dos aux champs.
Au lieu de les effrayer, ces mises en garde attisèrent leur curiosité. Une fois la nuit tombée, ils se rendirent dans le grenier d'Hélias, ouvrirent un coffre de bois duquel ils sortirent une carte usée. Ils déplièrent cette dernière sur la table de la salle et passèrent la majeure partie de la soirée à l'étudier afin de trouver les chemins à emprunter pour parvenir à l'Alpage. Sur ce carré de papier aux coins mangés par le temps, des bergers et des bergères, des chasseurs et des chasseuses, des colporteurs et colporteuses avaient tracé des lignes et des courbes afin de *mettre le monde en carte*. Il s'agissait pour eux de rendre compte de l'immensité de la montagne et de la profusion de la nature par des signes et symboles. Mais le monde ne tient pas en carte. Il déborde et fuite de tous les côtés, emporte dans sa profusion de brume et de pluie, de neige et de vent, de soleil et d'odeurs, tous les plans et toutes les prévisions, car la nature ne peut se résumer à des formes géométriques, elle est un délire de fougères, de racines et de fleurs qui explosent toutes les cases et les mesures.
Par-delà le papier et ses signes, éclairés par la lumière des chandelles, des mondes se dépliaient sous les yeux d'Hélias

et Gayané. L'encre des lignes, des courbes, des points, des pics et des cercles se convertissait, sous l'effet de leur imagination, en glaciers à parcourir, en forêts à traverser, en rochers au-dessus desquels sauter, en sueur à dépenser, mais surtout en sentiers à emprunter les prochains jours afin de se rendre à l'Alpage du Grand Lac.

Ils se baignèrent encore dans les traits de la carte avant de déterminer le chemin à suivre : il leur faudrait plus d'une journée pour traverser *la Forêt* pleine d'obscurité et de brumes. Puis une autre encore pour parvenir à *l'Alpage du Grand Lac* où l'horizon semblait large et l'herbe abondante. Enfin, depuis l'Alpage, un autre jour de marche suffirait à atteindre les bases de *la Montagne Lumineuse*, représentée par un resserrement des courbes qui laissait présager un important redressement des pentes ainsi qu'un terrain uniquement composé de roche et de glace. Enivrés par l'aventure à venir, Hélias et Gayané se saisirent alors de crayons aux mines grasses. Ils soulignèrent les sentiers, signifièrent les lieux de campement par des croix, tout en inscrivant dans les marges les différentes étapes de leur ascension :

Jour 1 : Forêt (nous sommes des êtres pleins de nouages)

Jour 2 : Alpage (nous faisons la juste jonction entre Dieu et l'humus)

Jour 3 : Haute-Montagne (nous sommes des êtres tractés par les cieux)

Ils roulèrent soigneusement la carte, puis décidèrent d'annoncer leur voyage lors de la traditionnelle assemblée du village qui avait lieu chaque dimanche, lorsque le soleil était à son zénith. Ils y exposeraient alors leurs intentions aux habitants dans l'espoir que certains se joindraient à eux pour les aider dans leur entreprise.

Ils soufflèrent sur les chandelles et la nuit passa
La lune roula sur la terre
Puis le soleil se leva à nouveau sur notre petit village
C'était dimanche
Midi sonna dans le ciel, il faisait beau
Pourtant, ce jour resta en nos mémoires

Comme un long jour d'éclipse.

III

LA DISPUTE DE LA PLACE DU VILLAGE

L'astre était haut dans le ciel, ses rayons ruisselaient sur la montagne avant de rebondir sur les ardoises des toits puis doucher les peaux des villageois – hommes, femmes, vieillards, veufs, veuves et enfants – réunis sur la petite place afin d'entendre Hélias raconter le rêve de Gayané. Quelques-uns de nos morts participaient même à la réunion. Depuis le toit de l'église, certains se penchaient par-dessus le fronton pour contempler la scène avec impatience pendant que d'autres se prélassaient au soleil, indifférents à l'agitation, dans l'attente impossible que les rayons chauffent à nouveau leurs corps translucides. Le prêtre fit tinter les cloches pour les chasser, et au même moment, un agneau fut égorgé pour le repas. Le couteau trancha la glotte de la bête, puis le sang vermeil se répandit par petits filets sur les pavés. L'odeur du liquide chaud et pailleté emplit la terre et le ciel, les narines et les bouches, les esprits et les cœurs. Un rayon de soleil éclaboussa les viscères, puis ricocha en direction des tendres visages d'Hélias et Gayané, serrés l'un contre l'autre au centre de la place.

– Mes amis, Gayané a fait un rêve, commença Hélias, habillé en blanc, porté par un vent frais qui accentuait la clarté de ses yeux.
Les sourcils des anciens se froncèrent à l'évocation du nom de la jeune femme qui se tenait droite et fière aux côtés de son

ami. Elle avait noué fermement une chemise vert sapin autour de son ventre, enfoncé un chapeau sur ses cheveux, chaussé des bottes en cuir noir, se tenait prête à bondir en direction de l'assemblée en cas de comportements hostiles. L'un d'entre eux osa souligner sa beauté avec un ricanement grossier. Tous pestaient en réalisant que le jeune homme n'avait pas suivi leurs mises en garde de la veille.
– Gayané a fait un rêve, reprit Hélias. C'était une journée pleine de soleil comme celle-ci. Elle marchait sur un sentier aride en direction d'une montagne blanche et majestueuse.
Un murmure parcourut l'assemblée :
– Parle-t-il… de la Montagne… Lumineuse ? dirent certains.
– Oui… ce doit être la Montagne Lumineuse ! renchérirent d'autres.
Hélias se tourna pour demander confirmation à Gayané qui lui demanda de poursuivre :
– Les parois, décorées par plusieurs névés, formaient un cirque qui contenait en son centre un glacier imposant. Sous l'effet de la chaleur, les banquettes de neige se transformaient en cascades scintillantes et le glacier, en un torrent tumultueux. C'est alors que des humains aux visages foncés et aux yeux clairs descendirent de la montagne et vinrent à sa rencontre.
Un frisson remonta l'échine des habitants.
– Ils semblaient doux et humbles, leurs cheveux ressemblaient à de la bruyère, ils levaient leurs bâtons vers les étoiles. Seulement, Hélias marqua un temps d'arrêt, seulement, ils conversaient entre eux en sifflant.
Quelques murmures se répandirent, les os des anciens craquèrent. Un homme, qui tenait une fourche dans sa main droite, osa s'exprimer :
– Les siffleurs ? Il parle des siffleurs ?

La gêne s'amplifia, Gayané se redressa, inquiète.
– Effectivement, dit Hélias, comme je le disais, ces hommes et ces femmes se sont présentés à elle… en sifflant.
– Les siffleurs ! Il parle bien des siffleurs ! cria l'homme à la fourche.
– Certains d'entre vous connaissent ces êtres ? demanda Hélias, naïf.
Le ciel était clair, le soleil culminait, mais l'air semblait chargé d'une tension qui menaçait d'éclater. Un des anciens se leva en pointant un doigt accusateur vers le jeune homme :
– Mon garçon, Hélias au cœur trop haut pour ce village, je t'avais pourtant dit de ne pas chercher à en savoir plus ! Les siffleurs sont ici un peuple maudit ! reprit le vieil homme.
– Mais pourquoi, ancien ? Explique-nous !
– Ils peuplaient et peuplent peut-être encore l'Alpage du Grand Lac, qui donne sur le cirque de la Montagne Lumineuse dont a rêvé la fille. Ils commerçaient avec le Monde plein de fureur en passant au col de la Passe, à quelques heures de marche de l'Alpage.
– Tu dis pas tout, grand-père ! cria l'homme à la fourche. Les siffleurs sont des sauvages, ils mangent des vautours fermentés et s'accouplent même avec eux !
La foule s'indigna, les mères et les pères bouchèrent les oreilles de leurs enfants.
– Ce qu'il veut dire, c'est qu'à force de côtoyer les bêtes, ils ont sans doute oublié le langage des hommes, précisa le vieillard.
– Tu dis pas tout, grand-père ! reprit l'homme à la fourche. C'est eux qui dévorèrent nos bêtes, il y a des lunes de cela ! Celles qui s'aventuraient en direction de leur fichu alpage ne revenaient jamais. Une fois, seulement une fois, une bête

me revint, mais comment ! Il fallait voir ! Elle rentra par les airs, sous la forme d'une carcasse ensanglantée, transportée entre les serres d'un vautour ! Elle avait l'œil rouge tout injecté de sang !

La foule commença à gronder :

– C'est eux qui ramenèrent le métal en notre village, ajouta une femme. Ils montaient à la Passe pour échanger leurs fromages et leur viande contre des fusils et des bombes !

– C'est eux qui fusillèrent Narcisse en ce temps ! renchérit l'homme à la fourche. Il partit un jour en direction de l'Alpage mais ne revint jamais ! Maudits soient-ils !

– Savez-vous seulement s'ils existent encore ? demanda Hélias.

– S'ils existent, ils sont dangereux ! répondit la foule.

Le jeune homme laissa un temps de silence avant de reprendre :

– Mes amis, voyons, que savons-nous vous vraiment de ces histoires ? N'est-ce pas là encore une de nos légendes ? Nos légendes sont précieuses car elles nous permettent de traverser l'hiver, mais faisons attention à elles. Dès que l'été arrive, elles nous étouffent plus qu'elles nous libèrent... Nous vivons comme emmurés en elles, sans jamais chercher à les comprendre.

– Foutaises ! Tu dis ça car t'étais pas né lorsque la chose s'est produite ! cria l'homme à la fourche. J'aurais aimé t'y voir, là-haut ! Nous, on a pas oublié. On a pas oublié !

– Mes amis, allons, mes amis, reprit Hélias, nous dormons dans les mêmes lits, parlons la même langue, partageons les mêmes agneaux et buvons la même eau, celle de la source qui se transforme en torrent. Nos nuits sont faites des mêmes rêves, nos veillées animées par les mêmes histoires, notre vie est paisible, certes, mais pensez-vous que nous puissions vivre encore longtemps ainsi ? Il laissa à nouveau un temps de silence. Non. Comme nos cultures ont besoin de tourner et nos troupeaux de se renouveler, nous avons aussi besoin de rencontrer de nouveaux êtres et parler de nouvelles langues. Sinon, nos cœurs s'assécheront comme nos champs à la fin de l'été, et ce ne seront plus des légumes que nous récolterons, mais un autre fruit, bien plus amer, celui de la peur, que je vois ici parmi nous ce midi.

Les sourcils des visages de l'assemblée se froncèrent. Gayané fit quelques signes à Hélias qui traduit :

– Par ailleurs, au lieu de voir les choses avec crainte, figurez-vous plutôt tous les avantages que la découverte de ce peuple pourrait représenter pour notre petit village. Voici des années que nos bêtes ne vont plus pâturer sur ces terres. Or, si nous revenons en prouvant l'absence de ce peuple mangeur de vautours, imaginez alors la quantité d'herbe grasse qui s'offrirait à nous… Nos troupeaux s'agrandiront, nos laits seront plus riches, notre village plus prospère.

L'argument calma la colère du peuple

– Imaginons maintenant que les siffleurs existent encore. Si nous en faisons des amis, leur langue pourrait être utile à nos enfants muets. S'ils l'apprennent, elle pourrait devenir un autre moyen de communication que les gestes.

Hélias profita d'une courte accalmie pour présenter son projet :

– C'est pourquoi, nous avons décidé de partir avec Gayané en direction de l'Alpage du Grand Lac, pour savoir si ces siffleurs existent en dehors des rêves, pour percer nos légendes, pour étendre nos pâtures, pour tenter de résoudre le mutisme de vos fils et filles.

L'assemblée rugit :
– Quoi ! Êtes-vous fous ? Si les siffleurs existent, ils vous massacreront ! dirent certains. La Montagne Lumineuse rend malade ! C'est là-haut que naissent la foudre et les démons ! ajoutèrent d'autres. Les jeunes passeront le col et iront dans le Monde ! Les vieillards claquèrent leurs cannes contre le sol sur lequel ruisselait encore le sang de l'agneau.
Gayané serra les poings. Sa tête restait haute mais l'hostilité des habitants esquintait son cœur, couvrait ce dernier d'entailles qui feraient autant de cicatrices à venir. Vite, aller là-haut, se disait-elle, profiter des bras de la montagne, de la paix de la Lumineuse, de ce lieu silencieux où l'on pouvait converser dans la langue des fleurs muettes.
– Calmez-vous ! cria Hélias. Calmez-vous ! Nous serons de retour dans cinq jours. Dans cinq jours, nous nous retrouverons sur cette même place, partagerons le même agneau, et en le mangeant ensemble, nous vous raconterons ce qu'il se passe à l'Alpage du Grand Lac. Cependant, nous voulions savoir, avant de clore ce sujet, si certains d'entre vous souhaitaient se joindre à nous ?
L'agitation reprit :
– Et en plus, ils veulent nous entraîner dans leur folie ! cria l'homme à la fourche. Allez-y seuls vers votre Alpage, dit-il en brandissant son outil vers le ciel.

Le public remua encore, mais silence se fit. Le bleu du ciel coula sur la roche, l'ombre d'un aigle passa sur le village. Gayané se rapprocha davantage d'Hélias, pour bien signifier que cette entreprise était une initiative commune. Dans l'assemblée, le cœur de sa mère se serra. Les yeux des vieillards se posèrent sur elle avec sévérité, elle finit par céder sous le poids de leurs regards et camoufla davantage son visage dans son châle noir, pleine de honte et de peur. Le silence s'approfondit. Nos morts se serrèrent au-dessus du toit, en se léchant les babines, excités par la tension de la scène.

– Personne ne veut nous suivre ? reprit Hélias. Tant pis, nous irons seuls.

Le silence s'étendit encore.

– Moi, je viens, mon garçon.

Une silhouette se détacha du groupe. Un pas lourd résonna sur le pavé. Le sang de l'agneau disparut. Deux jambes solides comme des troncs avancèrent vers Hélias, soutenues par une canne en bois usée, protégée à ses extrémités par deux plaques de métal. La silhouette prit forme. Il s'agissait d'un homme âgé, dont le torse compact était recouvert par une cape aux mailles de bure serrées pour empêcher le soleil, le froid, l'humidité et la neige de harceler sa peau, mais aussi pour camoufler des spasmes électriques qui secouaient son bras droit. Sa tête était coiffée d'un chapeau aux longs bords duquel s'échappaient quelques cheveux grisonnants dans lesquels se mêlait une boucle d'or accrochée à son oreille gauche. Ses traits étaient tirés par la montagne, des rides partaient du pli de ses yeux et des coins de sa bouche, puis se ramifiaient autour de son visage avant de disparaître dans l'épaisse broussaille de sa barbe. La densité de ses sourcils semblait proportionnelle aux attaques du soleil subies pendant sa longue vie. Sous eux pétillaient deux yeux clairs et fiers, tout en nuances de bleu et de gris, qui fixaient l'assemblée avec malice.

C'était Maniolos, le doyen des bergers et le conteur du village. C'était Maniolos, qui avait la science des sorciers, connaissait

le caractère de la brume et racontait les histoires des naissances de la foudre dont nous raffolions pendant les hivers. C'était Maniolos qui savait mélanger le lait et le miel de ses mains râpeuses pour guérir l'ensemble de nos maux.
Il se détacha donc de la masse, et laissa à sa place un vide, l'ombre de sa présence, que personne ne chercha à combler. À sa vue, les anciens grincèrent des dents. Le public cria en chœur : « Quoi ! Toi ! Maniolos ! Toi, le sage, tu soutiens la folie des jeunes ? Toi, aussi stable que le rocher, tu irais te perdre dans leurs délires ?! » Le vieux pâtre frappa sa canne sur le sol pour taire les protestations puis déploya ses larges bras vers l'assemblée, comme il aimait le faire avant de commencer ses contes. Il semblait alors embrasser l'entièreté des êtres qui s'offraient à son regard, des humains aux esprits des morts qui chahutaient sur le toit, en passant par le cadavre de l'agneau, les arbres de la forêt et les pierres mouillées. Même l'aigle s'arrêta en l'air, attiré par le geste du vieux à la boucle dorée qui affichait un sourire signifiant que la vie n'était sans doute qu'une longue, voire interminable farce. Il balaya du regard les villageois avant de prendre la parole. La réunion dominicale se transforma en spectacle :

MANIOLOS : Mes amis, mes amis ! Je vous le demande, comment refuser une telle aventure ? Comment résister à ces deux jeunes pleins de fougue et de bonnes idées ?

L'ASSEMBLÉE : Ils perdront la vie dans l'Alpage maudit ! Vas-tu la perdre avec eux, berger ?

MANIOLOS : Voyez-vous mes amis, je suis vieux. J'ai les os qui craquent et des rides qui alourdissent mon corps. Ce dernier, je le sens, m'attire vers la terre d'où nous venons et où nous retournerons. *Il marque une pause pour appuyer ses paroles.* Or, il me semble que ces jours en montagne feront du bien à mon squelette ! De plus, j'aimerais profiter de quelques dernières baignades dans les eaux sombres de notre Grand Lac avant de rejoindre ces bougres d'esprits qui lorgnent ma peau fripée depuis le toit de notre église. Du vent esprits ! Du vent ! *Il frappe les pavés de sa canne et lance un regard sévère vers le toit, chassant les morts qui déguerpissent de peur. Il reprend avec un large sourire, comme si rien ne s'était passé.* Voyez-vous les amis, moi, Maniolos, doyen des bergers et conteur à mes heures perdues, j'ai arpenté les rues de notre village, les vallées de nos contrées et les alpages de nos montagnes. Comme vous, j'ai entendu parler d'un étrange peuple aux plumages d'aigle et aux attitudes sanguinaires. Mais, comme le disent les jeunes, que savons-nous vraiment d'eux ?

L'ASSEMBLÉE : Ils volent nos bêtes, ils tuent nos hommes, ils parlent la langue des rapaces, ils s'accouplent avec les vautours !

MANIOLOS : Mais enfin, je me répète, que savons-nous vraiment d'eux ? Les avons-nous déjà vus ? Sommes-nous sûrs qu'ils égorgeaient nos hommes et nos bêtes ?
Il s'attarde sur le vide que son absence a creusé dans le public, puis sourit malicieusement avec le sourire de celui qui sait manier l'art du discours. Son amusement s'accentue lorsqu'il croise le regard de quelques anciens qui serrent les dents jusqu'à saigner des gencives. Il semble savourer le mauvais tour qu'il est en train de jouer.

L'ASSEMBLÉE : Les rumeurs nous suffisent !

MANIOLOS : Pas à moi ! Car je ne sais rien de leurs existences, sinon des histoires souvent mauvaises, comme celles que nous venons d'entendre et que nous colportions entre bergers. Quand j'y pense, quelle honte d'avoir raconté toutes ces choses sans connaître la vérité ! Quelle honte, car je réalise que ce qui nous animait alors, ce n'était pas uniquement de l'ignorance et de la peur, mais surtout de la méchanceté.

L'ASSEMBLÉE : Tu te trompes ! La méchanceté vient du haut, et non du bas, elle vient d'eux, et non de nous.

MANIOLOS : *Il ignore les remarques.* Or, avant de revenir à la terre, j'aimerais connaître, comme les jeunes, la substance de nos histoires ! Au lieu de pétrir à l'infini la matière de nos légendes, au lieu de m'endormir dans mon ignorance, je devrais plutôt garnir mon imaginaire de nouveaux récits, de nouveaux rêves, de nouvelles aventures, et de nouvelles rencontres ! Qui sait, je redescendrais alors avec d'autres histoires en ma besace, afin de préparer l'hiver à venir. *Il fait un clin d'œil à l'assemblée qui semble apaisée par ses mots.* De plus, il me semble que ma connaissance de notre montagne sera une aide précieuse pour nos jeunes. Car je connais le chemin qui mène à l'Alpage, bien que je n'y sois pas allé depuis longtemps. Aussi, j'égayerai leurs nuits en leur contant mes histoires, je leur chanterai toutes les bêtises que je vous raconte sur cette même place, afin qu'elles perdurent dans le temps et résistent à ma mort. Mais surtout, elles m'aideront à oublier les fichus rochers de notre montagne sur lesquels je dormirai les prochains jours, et qui finiront bien par éroder ma pauvre carcasse! *Il regarde avec défi les anciens du village et termine son discours.* Enfin, et je finirai là-dessus, le jeune a raison: si les siffleurs existent encore, nous tâcherons de nous lier d'amitié avec eux afin qu'ils nous apprennent leur langage, comme ils l'ont promis à notre fille aux yeux d'or et de foin. Le sifflet deviendra alors un formidable moyen de remédier au mutisme de nos enfants. Voilà, j'ai fini, mes amis, et je laisse maintenant ceux qui le souhaitent nous rejoindre. *Il pose une main bienveillante sur les épaules d'Hélias et Gayané, leur adresse un regard de soutien, puis vient se poster derrière eux. L'assemblée reste muette, à la fois rassurée et troublée par le discours du doyen des bergers.*

HÉLIAS: Qui d'autre veut se joindre à nous? Personne? Eh bien, mangeons maintenant…

LA MULE: Moi, je viens.

Le silence se fait à nouveau. Un virevoltant traverse la place. La foule se retourne vers l'origine de la voix: une femme vêtue d'une chemise à carreaux et d'un pantalon bleu se lève des escaliers où elle était assise pour s'avancer vers Hélias, Gayané et Maniolos. Sa tête est couverte d'un chapeau de vachère qui écrase ses cheveux blonds et emmêlés. Son regard va vers le sol, sa peau est boursouflée, rougie par l'alcool et le soleil. Elle avance d'un pas nonchalant vers le groupe, les deux poings serrés au niveau de sa ceinture en cuir. Elle retient par des mouvements d'épaule un fusil à lunette qu'elle a noué sur son dos. Elle esquisse un sourire narquois, curieuse de voir le scandale que va produire son choix.

L'ASSEMBLÉE : Quoi ? La Mule ! La brigande ! La contrebandière ! La voleuse ! La vendeuse d'armes et de peaux de bêtes ! Il ne manquait plus que ça ! Allez-vous l'accepter parmi vous ? Si oui, allez au diable !

La Mule reste indifférente aux insultes et semble même s'en moquer. Elle relève la tête et fait un geste insultant en direction de l'assemblée. L'homme à la fourche se mordille les moustaches, les yeux écarquillés par la rage.

L'HOMME À LA FOURCHE : Un jour, je t'aurai ! Puisses-tu partir avec eux et ne jamais revenir ! Garce ! Putain ! Chienne !

La Mule va se poster derrière Hélias. Maniolos tente d'intervenir mais elle retient son bras. Hélias essaie de clore le débat.

HÉLIAS : Notre troupe étant constituée, nous partirons demain avant l'aube. Dans cinq jours, nous serons de retour sur cette même place, afin de vous dire si les siffleurs existent ou s'ils sont le triste produit de nos peurs. Passons maintenant à autre chose. Il semble que certains d'entre nous réclament des bras pour faire leurs foins dans la semaine. Si c'est le cas, venez prendre ma place et demander l'aide dont vous avez besoin.

À la suite d'Hélias, les villageois se succédèrent sans enthousiasme pour faire part de leurs besognes à venir – faucher, botter, couper le bois, réparer un mur –, dans l'espoir de trouver de l'aide, qui sera rétribuée sous la forme de fromage, de viande, ou d'heures de travail pour une autre besogne.

L'agneau finit de rôtir
Midi passa dans le ciel
La viande était tendre, elle fondait dans les bouches
Pourtant, elle laissa sur les palais un étrange arrière-goût de cendre.

IV

LES TROIS ÉTAPES D'UNE ASCENSION : FORÊT

(nous sommes des êtres pleins de nouages)

Nous sommes des êtres de forêt. Comme elle, nous sommes faits d'ombres, de torsions et d'entrelacs. Ce que nous appelons nos intériorités sont des repères de lianes, et nos âmes des sous-bois brumeux dans lesquels mille désirs se chevauchent, s'enchevêtrent, se rencontrent et se contredisent. Nous venons de l'humus et nos chairs ont la saveur des racines. Elles se mélangent avec celles des chouettes, des salamandres, des serpents et des fougères. Nous pensions vivre dans la clarté de nos certitudes, nous pensions tracer des chemins droits dans le désert, nous pensions que nos identités avaient la consistance des rochers, nous pensions que le monde se donnait dans la lumière, mais la forêt nous rappelle que nous sommes plutôt formés par les ombres, et qu'il n'y a d'autres vérités que l'illusion.

Au milieu du dédale, des chemins apparaissent et disparaissent, se proposent et se retirent, se forment et s'estompent comme les brumes se font et se défont sur les flancs des montagnes. Ainsi en est-il de nos vies : nous avançons dans les bois en suivant des pistes sûres qui se recouvrent soudainement de broussailles. Pourtant, il nous faut continuer. Pour ne pas nous perdre, pour ne pas rester englués dans la boue qui colle à nos chaussures, il nous faut imaginer un passage, définir une voie, déterminer un sentier à suivre en attendant de retrouver la prochaine ligne qui s'effacera à son tour. Pour ne pas nous perdre, il nous faut continuer encore et toujours dans les pentes les plus raides et les plus droites, avec l'espoir de parvenir un jour à l'orée du bois, c'est-à-dire une certitude, qui existe uniquement dans le court espace d'une clairière.

Bien avant l'aube, Gayané, Hélias, la Mule s'engouffrèrent dans la forêt, guidés par Maniolos qui allait d'un pas lent au milieu des fougères. Le berger était emmitouflé dans sa cape aux mailles serrées et portait sur son dos un sac en toile de jute sur lequel était accrochée une louche pour remuer la soupe du soir. Enfin, derrière eux allait Bomberas, l'ânesse aux yeux vairons que la Mule avait mise à disposition de la troupe. L'obscurité était telle que la nuit semblait doublée d'une autre nuit, *la nuit de la forêt,* plus sombre que la première. Elle descendait des montagnes, coulait entre les arbres et ruisselait sur leurs peaux comme l'encre sur la page. Ils avancèrent plusieurs heures ainsi, à suivre avec confiance la lanterne du guide, en pensant que la nuit allait s'estomper. Mais la nuit était restée accrochée aux branches pendant si longtemps qu'ils crurent que le soleil avait déserté, que les ténèbres avaient triomphé, que gagneraient les moustiques, les sangsues, les chauves-souris et autres suceurs de sang… Heureusement, le jour gris arriva enfin, charriant avec lui une forte odeur de sauge et de mousse. L'obscurité se convertit en brumes qui se firent déchirer par les aiguilles, se condensèrent sur les feuilles ; devinrent de grosses gouttes d'eau qui, sous l'effet de la pesanteur, finirent par rejoindre la terre et former une boue visqueuse. Dans les arbres, les pinsons, pics-verts et écureuils prenaient la place des chouettes. Au sol, les serpents, les crapauds, les tritons, les vers, les larves et limaces émergeaient des vases pour dégouliner sur les racines, laissant leurs traces gluantes se mêler à la pourriture des épines, des feuilles mortes et de l'humus. Les araignées sortaient de leurs trous pour tisser des toiles perlées de gouttes à la base des arbres. Entre les orties, les champignons, les trèfles, les fougères et les ronces, des spectres de sangliers noirs, de chevreuils, de renards, martres ou blaireaux filaient à la recherche de mulots ou de desmans avant de rejoindre leurs terriers. Les cerfs allaient en rois au milieu des feuillages. Des cortèges d'esprits cherchaient à s'emmêler à leurs bois qui faisaient office de portes entre le visible et l'invisible. Parfois, une brise légère les chassait en produisant un son lugubre. Une ombre bien plus grosse que les autres passa entre les troncs, mais personne n'y prêta attention. Les gueules s'étendaient et les mâchoires salivaient. Les yeux étaient partout : la grosse ombre regardait les hommes, les hommes regardaient les chevreuils, les chevreuils regardaient les bourgeons et les herbes regardaient la sève qui coulait dans les veines des arbres. Les renards regardaient les desmans, les desmans regardaient les insectes, les insectes les chenilles et les chenilles les herbes. Les herbes regardaient les gouttes d'eau tomber des feuilles, les gouttes d'eau regardaient les masses de nuages à l'origine de leurs existences et les nuages l'eau dont ils étaient composés. Le monde était une agglomération de mâchoires, une série de regards croisés, chaque être se dévisageait dans l'étonnement de se reconnaître en l'autre : la grosse ombre retrouvait l'homme en elle, les humains se découvraient chevreuils, les chevreuils voyaient un peu d'eux en les bourgeons et les bourgeons assumaient leur ressemblance avec la sève. Dans la brume poisseuse à l'odeur de sauge, chacun se fixait dans l'envie de mordre puis de digérer un corps, c'est-à-dire le masque sous lequel on déguise son âme. Ils s'épiaient avec le désir et l'angoisse de se confondre, la crainte et l'attente que le brouillard remporte la partie et colle enfin leurs chairs à celles d'autrui. D'autres encore désiraient la mort en secret. Ils dénudaient leurs cous plumés ou poilus dans l'attente de la jouissance de la morsure, du baiser de la lame, de l'orgasme de la mort qui les renverrait aussitôt dans le cycle fabuleux des réincarnations.

Au milieu des mâchoires, des yeux et des ronces, les regards de nos humains se concentrèrent sur le sentier. Heureusement, ce dernier était conçu avec de solides pierres qui leur permettaient de se maintenir hors de la boue. À l'aube, Maniolos laissa la tête du groupe à Gayané, qui avança d'un pas certain sur le chemin. Le pâtre reprit alors sa marche, à juste distance entre la jeune fille et Hélias.
– Dis Maniolos, tu sembles connaître chacune de ces pierres. Tu passais souvent par là ?
– À chaque été, fils, à chaque été ! Lorsque le soleil chauffait à nouveau la terre, venait l'heureux temps de l'estive. Je montais le troupeau par ce chemin. J'ai encore l'écho des sonnailles en mes oreilles : les agneaux sautillaient à la recherche de leurs mères qui bêlaient d'excitation à l'idée de quitter l'obscurité des bois. Elles savaient qu'après la Forêt, elles allaient enfin redécouvrir l'horizon, la brûlure du soleil, l'herbe fraîche ! Elles étaient si folles qu'elles filaient droit sur le sentier, et il fallait même courir derrière elles ! Une fois l'été passé, il était temps de redescendre.

L'herbe était sèche, la neige commençait à tomber bas, on empruntait alors le chemin de la descente, et moi, j'étais soulagé de quitter l'alpage.

– Pourquoi ?

– Faut pas croire, berger, c'est un fichu métier. Tu crois pouvoir passer ton temps à chanter des histoires au soleil dans l'ennui délicieux d'une journée d'été, mais en réalité, ton temps, tu le passes dans la matière, à panser des plaies, retirer des asticots, curer des sabots, remuer des entrailles putréfiées ; tes jours sont longs et tes nuits hachées, alors quand vient la descente, tu es content de retrouver ton lit, tes nuits, tes amis… Mais elles, les brebis, elles savaient qu'elles retournaient droit vers leur bergerie et son foin sec, alors elles résistaient à la descente. Il fallait les effrayer à grands coups de gueule et de crocs de chiens, frapper fort le bâton contre le rocher, le tout en portant les tardons, les derniers agneaux de l'été. Ah, je devais être beau à dévaler la pente avec deux nouveau-nés autour du cou, mon bâton à droite, ma main gauche serrée sur les pattes des agneaux qui menaçaient de tomber et de se rompre les os à chaque caillou que je sautais ! Je criais aux chiens d'aller chercher les moutons qui s'égaraient dans les bois et la brume. Affolés, les cabots ne savaient plus où donner de la tête ! Ils aboyaient de panique, se mettaient à attaquer le troupeau, puis finissaient par se perdre à leur tour… Alors, lorsqu'on arrivait en bas, au village, il y avait toujours des bêtes qui manquaient. La plupart revenaient vers nous les jours suivants, mais d'autres s'ensauvageaient, remontaient à l'Alpage ou choisissaient de rester dans la forêt où elles faisaient des proies faciles pour les loups et les ombres aux crocs blancs.

– Et dis-nous, à quoi ressemble l'Alpage du Grand Lac ?

– C'est une image du Paradis. Un désert à mi-chemin entre terre et ciel, un vaste plateau de verdure troué par une perle bleutée. Derrière le lac, il y a deux chemins : le premier mène à la Passe, un col qui bascule vers le Monde, le second à la Montagne Lumineuse, dont la neige reflète le Soleil et la Lune. Là-haut, la Montagne Lumineuse, c'est notre troisième astre.
Gayané ralentit, pour mieux entendre le vieux berger.
– Et après la Montagne, qu'y a-t-il ? demanda Hélias.
– Au sud du sommet, on retombe vers le Monde plein de fureur. La Montagne s'érode et devient une vaste plaine qui se termine par un lac sans fin, aux eaux salées et mousseuses qu'on appelle « la mer ».
Le jeune homme écarquilla les yeux.
– La mer, la plaine… drôles d'idées.
– Ce ne sont pas des idées, garçon, ce sont des réalités : une terre sans reliefs, un lac sans rives !
Hélias fronça les sourcils, incapable de se représenter ce que Maniolos décrivait.
– D'accord. Et à l'est de la montagne, qu'y a-t-il ?
– D'autres montagnes qui se succèdent, toutes plus grandes les unes que les autres.
– Tu les as déjà vues ?
– Jamais. Mais j'ai entendu dire que cette chaîne se terminait par une montagne sans sommet…
Gayané soupira, agacée par les histoires du conteur. Elle fit un geste en direction d'Hélias.
– Qui t'a raconté ça, Maniolos ? traduit le jeune homme.
– Solal, un ami depuis longtemps au royaume des ancêtres. Dans sa jeunesse, il disait avoir participé à l'une des tentatives d'ascension de cette montagne, en compagnie de son cousin, un fou ou un saint, amateur d'escalades sans fin.

Hélias lui demanda de continuer.
– Le lendemain de l'ascension, Solal rentra seul. Épuisé, il disait avoir vu son compagnon foncer vers un dôme immaculé, en chantant des cris de rapaces avant de disparaître dans la lumière…
– Dans la lumière ? Qu'a-t-il pu lui arriver ?
– Malheureusement, nous ne savons pas. Les années passèrent, les hivers blanchirent les pentes d'une neige que les printemps firent fondre. Pendant ce temps, mon ami arpenta les bases de la montagne dans l'espoir de trouver un indice… Un jour d'été, il aperçut une tache rouge au milieu du torrent. Il descendit la pente, s'immergea dans l'eau glacée et découvrit des morceaux de laine usés par les flots. C'était les restes d'un pull, sans doute celui que portait son compagnon lors de la tragique ascension et qui avait dû être charriés par la fonte des glaciers.
Maniolos s'arrêta pour reprendre son souffle. Quelques panaches de nuages circulaient entre les branches.
– Mais attendez un peu, attendez, voici que je m'essouffle. C'est que la jeune impose un rythme infernal, Gayané, préserve un peu mes jambes !
Hélias pesta, déçu de ne pas en savoir plus. Devant eux, Gayané se retourna. La brume se condensait sur ses joues et se mêlait à sa sueur, des gouttelettes perlaient dans son cou et venaient rejoindre la base de ses reins. L'humidité les encerclait et menaçait de coller bientôt leurs corps à l'écorce des arbres. Elle tenta de chasser la brume à grands coups de bras.
– Gayané se plaint de la brume, traduit Hélias, elle dit même que nous sommes plus trempés qu'un poisson au fond d'une rivière.

– Ne parlez pas de la brume comme ça ! rétorqua Maniolos. Elle est ce qui nous cache du Monde et nous évite les certitudes.
– Elle est surtout ce qui cache le chemin là, grand-père, répliqua Hélias.
– Il est bien d'avoir des chemins cachés.
– Il est mieux d'arriver au bout des chemins.
– Ne t'inquiète pas, je pourrais aller sur ces pierres les yeux fermés !
– Dis, si tu passais autant de temps à l'Alpage, tu dois en savoir plus sur les siffleurs ?
– Oui, j'en sais un peu...
– Tu ne veux pas dire ?
– Non.
– Pourquoi, grand-père ?
– Car cela ne servirait à rien. Patience garçon, patience, vous saurez au moment venu.
Maniolos s'appuya sur son long bâton, puis s'épongea le front.
– En attendant, cela reste entre nous, je tenais à vous féliciter pour votre initiative d'hier, sur la place de l'église. Quel panache, quel courage, quel culot ! Mais quelle intelligence aussi. Voyez-vous... comme le ciment tient les pierres d'un mur, les vies paisibles de notre village tiennent sur des non-dits comme celui du mystère des siffleurs. C'était osé de mettre les pieds dans ce plat. Car le mur s'est fissuré... et il a même tremblé, les enfants ! Mais c'était nécessaire. Comme tu l'as bien dit, Hélias au cœur trop haut pour ce village, il nous faut avoir le courage de regarder nos légendes en face, d'affronter nos rumeurs, de crever nos tabous...
Il marqua une pause, baissa la voix :

– À la longue… ce secret nous aurait tous étouffés…
– Que dis-tu, Maniolos ?
– Pardon, je divague ! Ma vieille carcasse tremble, je commence à fatiguer… Tâchons plutôt de savoir où est notre chère Mule. L'ânesse doit la ralentir. La Mule ! La Mule ! Où es-tu ? cria le berger en se retournant vers le nuage.
En contrebas, la Mule entendit mais ne répondit pas. Elle se concentrait plutôt à faire avancer Bomberas, son ânesse aux yeux vairons (l'un avait la couleur du ciel et l'autre des sous-bois). Sa présence était bienvenue, car l'animal portait sur son dos trois tentes en toile épaisse, de la nourriture contenue dans des sacoches, quelques bouteilles de lait, ainsi que le matériel de cuisine – casseroles, poêles et écuelles –, qui tanguait sur son dos et faisait ainsi office de sonnailles. Comme d'habitude, elle avait pris soin de ne pas accrocher de sangles sur l'importante cicatrice entourée d'huile de cade qui lacérait l'épaule gauche de la bête.
– Ah, j'entends les casseroles qui tintent, dit Maniolos, elle ne doit pas être loin ! La femme et son ânesse rejoignirent le groupe. Quelle allure, la Mule ! On dirait une brigande des steppes avec ton fusil à lunette, ta chemise trempée et ton chapeau à long bord !
– Et toi, tu t'es vu, avec ta gueule ? On dirait que tu sors des histoires que tu racontes.
Maniolos haussa les épaules.
– Allez, repartons maintenant. Dans une heure, la brume redeviendra nuit. Je connais une petite clairière où nous pourrons faire un feu, planter nos tentes et retrouver un peu de nos forces.
Sur ces mots, la troupe reprit la marche et s'enfonça encore plus profondément dans la forêt.

V

BIVOUAC N°1 : LA CLAIRIÈRE

(nos chairs ont la saveur des racines)

La pâte visqueuse de la nuit s'est à nouveau collée aux arbres. Au-delà de la clairière, toutes les choses du monde – branches, racines, torrents, oiseaux et bêtes – se sont dissoutes en une seule et même substance ; la nuit pleine de brume. Or, au centre des bois, la lumière demeure, sous la forme d'un grand brasier que Maniolos a allumé il y a peu. En éclairant le monde, le feu est ce qui nous évite la pourriture et nous sauve de l'engloutissement. Sa lumière nous empêche d'être envahis par le règne de la forêt et de la peur, sa chaleur modifie les esprits et transmue les mémoires. Elle nous rassemble, brûle les espaces qui nous séparent et les craintes qui nous menacent, elle réchauffe nos peaux, cuit l'eau et transforme les viandes qui viendront soutenir nos muscles, puis alimenter nos paroles.

– Installez bien les tentes au centre de la clairière, proches du feu, dit Maniolos en commençant à préparer le repas. Aussi, mettez le plus de matière possible entre vous et le sol. Car cette terre est malicieuse. Si votre bras la touche pendant la nuit, il suintera jusqu'à devenir humus !
– Parfois, il perd un peu la tête le vieux… chuchota Hélias à Gayané, tout en montant les tentes avec l'aide de la Mule. Gayané acquiesça, le sourire en coin.

– Ne vous embêtez pas avec ma tente, dit le berger. Je dormirai près de notre cher feu, sur les tapis de l'ânesse, si c'est possible, la Mule.
– C'est possible, mais il faut aimer la sueur d'âne.
– J'adore ça, dit le vieillard, emmitouflé dans sa cape en laine de bure, concentré à éplucher une poignée de pommes de terre qu'il jeta dans une casserole contenant des oignons, quelques morceaux de viande de chèvre et des herbes sauvages – sauge, sarriette et épinards – cueillies sur le chemin.
Une fois le campement installé, la troupe se rassembla près du feu sur lequel cuisait le plat que Maniolos allongeait fréquemment avec de l'eau. Comme à son habitude, le pâtre ménagea auprès de lui une place vide – un creux dans le cercle –, puis sortit une bouteille de vin, servit quelques verres, bourra sa pipe de tabac et se mit à fumer. L'ânesse se joignit au groupe en rapprochant son museau du feu, sécha son poil mouillé par la journée, puis s'endormit un instant sous l'effet de la chaleur. Le feu crépitait, son odeur se mêlait à celle du tabac, celle du tabac aux effluves de viande et d'herbes sauvages, et celle des herbes sauvages à l'épaisse senteur d'huile de cade qui émanait de la cicatrice de l'ânesse. Le feu, les odeurs, l'ânesse et la présence d'autres yeux humains faisaient oublier l'obscurité qui s'était installée.
– Qu'il est meilleur d'être accompagné pendant les nuits en forêt ! s'exclama Maniolos en trempant sa barbe dans son verre.
– Ah oui ? Pourquoi dis-tu cela grand-père ?
– Car lorsque j'allais à l'Alpage, j'étais seul et j'avais peur. Si vous saviez comme j'avais peur ! Imaginez-vous ici, seuls avec les ombres qui traversent la clairière, les yeux des bêtes qui vous épient et leurs mâchoires qui claquent dans la nuit…

En vérité, c'est là que naissent les fables que je raconte l'hiver, car le soir, l'homme seul esquive ses angoisses en se réfugiant en des histoires, il s'évade de sa clairière en se construisant une seconde maison, aux murs et fondations faites de fantaisies et de rêves, il se barricade dans l'illusion, cette superbe cache que nous accorde la nature. Et l'homme rationnel, l'homme du Monde, qui se figure sa pensée droite et saillante, eh bien, il ne connaît pas la grande peur de la nuit, celle qui fracture toutes les théories. Il ne sait pas que nous sommes des bêtes des bois, pleines de craintes et de rêves.

Il sortit de sa cape son bras droit et agita l'index, comme pour soutenir ses propos. Chacun put voir distinctement son bras parcouru de spasmes, comme s'il était traversé par une décharge électrique

– Dis-nous encore, grand-père, pourquoi ton bras tremble ? demanda Hélias.

– Voici là une terrible histoire que celle de mon bras, mon garçon.

– Raconte-la-nous quand même.

– Tous pensent que c'est la vieillesse, la dégénérescence de mon système nerveux. Rien du tout ! Ils se trompent ! Mon bras tremble car ma chair a été pénétrée par...

– Par ?

Il fit de gros yeux, comme s'il cherchait à effrayer un enfant.

– Par les lances du ciel.

– Les lances du ciel ?

– Oui, les lances du ciel.

Il prit soin de poser une main sur la place vide à son côté gauche avant de continuer :

– C'était il y a plusieurs années, au temps où je faisais paître mes brebis aux quartiers de fin d'été, haut dans la montagne, afin qu'elles profitent des dernières combes et creux d'altitude, où l'herbe demeurait verte et fraîche. Or, vous le savez, le ciel de la fin d'été est chargé d'une tension qui se transforme parfois en traits de lumière, puissants et destructeurs...

– Tu parles de la foudre ? Tu as pris la foudre ?

Sur ces mots, la Mule, qui était indifférente à la discussion, tourna la tête dans l'attente de la réponse.

– Oui, la foudre.

– Et... tu n'es pas mort ?

Il se toucha le torse, la tête, les cuisses

– C'est ça, je suis pas mort, même pas mort. C'était la faute aux traînardes, des bêtes qui n'en faisaient qu'à leur tête. Elles avaient eu la fâcheuse idée de passer le col pendant la journée, et il fallait aller les chercher pour les ramener au reposoir, où elles passaient la nuit. Je montais, mais le ciel, lui, descendait. De gros nuages noirs vinrent s'écraser sur mes épaules au sommet du col. J'appelai mes brebis en criant, tentai de dévaler la pente lorsque j'entendis des bruissements électriques me filer le long des oreilles et tendre mes cheveux sur la tête...

– Tu parles des abeilles ?

– Oui, c'est cela, les abeilles, ça bourdonnait partout autour de moi, mais ce fut très rapide, car à peine avais-je eu le temps de réaliser ce que c'était que, boum ! Une explosion me frappa, et puis, et puis plus rien.

– Arrête, raconte !

– Plus rien. Je fus projeté à dix mètres.

– Dix mètres ? Tu exagères grand-père. Tu ne distingues plus la réalité de tes rêves.

Maniolos ignora la remarque.

– Par miracle, je me réveillai seul dans la pierraille trempée, à dix mètres de l'explosion. J'avais le corps endolori, quelques os cassés, le haut du crâne encore fumant de l'impact de la foudre… Si je me souviens bien, la lance du ciel était entrée par la tête et ressortie immédiatement par le bras droit, tout en ayant eu le temps de brûler une partie de ma chair sur son passage… La nuit était tombée, je ne savais combien de temps j'étais resté là, inconscient, sur le fil ténu d'une crête, à mi-chemin entre la vie et la mort… J'essayai de me lever, mais mes jambes étaient aussi lourdes qu'un rocher. Je tentai de me coucher sur la droite, mais c'était impossible. La foudre avait tout grillé sur son passage : mes muscles ne se reconnaissaient plus, j'étais paralysé, emmuré vivant en mon propre corps ! Cette nuit fut peut-être l'une des plus exigeantes de ma vie, mes enfants… Imaginez-moi, seul au milieu des pierres, dans un corps devenu tombeau, sans tente ni tapis d'ânesse pour atténuer l'effet de la rocaille sur mon dos. C'était un moment de vérité, un tête-à-tête avec le néant, une lutte contre le rien, le froid et le noir, qui m'interdisait le repos… À chaque seconde d'engourdissement, une ombre se camouflait derrière le sommeil pour essayer de me saisir. Alors il fallait me réveiller, refuser l'ombre, lui rendre les coups, continuer le combat ! Il cracha par terre.
– Comment tu t'es tiré de là grand-père ?
– Au milieu de la bataille vint le temps de grâce. Les horloges se figèrent dans le ciel, la peur s'évapora, la souffrance disparut. Je flottai dans un état cotonneux, comme bercé par le ciel. En face de moi, il n'y avait plus que le noir, les nuages et le silence, mais un silence habité par une présence muette, une compagnie invisible qui semblait loger au fond du cosmos. J'avais été raboté par la foudre, mais au lieu

du vide, il y avait cette présence sans visage ni mains qui m'enrobait de tendresse. J'étais en vie, me dis-je, demain, je ne le serais peut-être pas, mais cela ne m'importait plus ! Car je me baignais dans le ciel… Cet accident, au lieu de me détruire, électrifia toute ma vie.

Gayané fixa le berger, la Mule esquissa un sourire d'amusement, signifiant qu'elle ne prenait pas au sérieux le discours du vieillard.

– Tu as pu redescendre ?

– Je m'endormis. Puis, au milieu de la nuit, je sentis plusieurs corps chauds et laineux se serrer contre moi, des coups de langue sur mon visage, puis une forte odeur qui me réveilla… C'était mes bêtes ! Mes filles ! Ce sont elles qui me sauvèrent ! Elles qui m'aidèrent à donner des coups de poing dans la gueule de la mort ! Effrayés par la foudre, mes chiens avaient fui, ces lâches ! Attirées par mon odeur et mes gémissements, elles vinrent me procurer la couverture qui me manquait. Croyez-moi, ces choses n'arrivent jamais, ces bêtes continueraient à brouter même si leur maître agonisait à côté.

Les yeux humides, il se leva dans la nuit, manqua de renverser la casserole sur le feu qui éclairait les stries et coupures de son visage. À son oreille gauche étincelait sa boucle d'or.

– Je me souviens… il y avait Silène, que j'avais aidé à mettre bas à la sortie de l'hiver. C'était elle qui désormais prenait soin de ma carcasse en me léchant le visage, il y avait aussi Achilée, Linaigrette, Hellébore qui se serraient contre moi en bêlant… Ah, ces bêtes-là, je n'ai pu leur passer le couteau sous la gorge, vous imaginez bien ! Je les ai gardées près de moi aussi longtemps que possible… Elles bêlaient à n'en plus finir, et c'est cela qui me sauva. Car les nuages partirent et l'aube arriva. J'avais gagné le combat avec la foudre

et la nuit, je pouvais désormais rire à la face des hommes pendant le reste de mes jours. Finalement, deux bergers me secoururent dans la matinée. Ils me portèrent dans un sac jusqu'au village, où j'arrivai de nuit. Quand j'y pense, leurs dos doivent encore se souvenir de mon poids. L'effort qu'ils ont fourni, je le porte encore comme une dette que je n'ai jamais pu payer. Le pourrais-je seulement un jour ?
– Dis, comment as-tu guéri ?
– Au village, on me dit que je ne pourrais plus jamais marcher. Tu parles ! Dès que le médecin prononça son verdict, j'attendis qu'il quitte la maison, réunis mes forces, priai les saints et les diables, et devinez quoi ?
– Raconte !
– Je me levai et je marchai ! Une lune plus tard, j'allai à nouveau en montagne finir la saison. Aujourd'hui, il ne reste plus que les réminiscences des lances du ciel qui irriguent encore les veines de mon bras droit, par moments. Voilà les enfants, l'histoire de la foudre. Croyez-moi, ça donne la santé une telle décharge. Lorsque je fatigue, je demande à mes cellules de se souvenir de toute l'énergie qu'elles ont dû supporter, et je repars revigoré, comme après une longue nuit.

Sur ces mots, il empoigna le manche de la casserole, remua le repas, puis servit la soupe garnie au reste de la troupe. Les flammes éclairaient le visage d'Hélias et Gayané, excités par le récit du vieillard, stupéfaits de voir un être qui avait été traversé par le ciel et qui se tenait encore vivant devant eux. Quant à la Mule, elle avait le nez fourré en son plat et n'osait faire part de son amusement. Si l'histoire du vieux était hors du commun, elle aussi avait vécu des choses éprouvantes, mais personne ne lui demandait de les raconter, alors elle étouffait ses aventures au fond d'elle, jusqu'au désir même de les transmettre. Elle haussa les épaules et se retourna pour voir où son ânesse était passée : Bomberas avait quitté le cercle du foyer et allait librement dans la clairière, curieuse, attirée par une autre odeur acide, humaine, là-bas, juste quelques pas plus loin dans les bois. Elle sentit les branches avec curiosité et osa passer sa tête dans le feuillage. La nuit était lourde et humide, on pouvait entendre les serpents froisser le sol, les chouettes hulottes animer la forêt de leurs cris ronds, à la fois clairs et lugubres. Une branche cassa, elle entendit deux jambes courir dans la nuit.

– La Mule ! Fais attention à ton ânesse ! dit Maniolos en réalisant que Bomberas se rapprochait de la lisière. Si elle rentre dans le bois, l'obscurité l'engloutira, et elle se fera dévorer par l'ombre aux crocs blancs.

La Mule leva la tête vers sa bête et l'appela pour la ramener auprès du feu. L'ânesse remit son museau au milieu du cercle, les flammes se reflétèrent en ses yeux, elle tenta de profiter du repas de sa maîtresse. « Bomberas, l'herbe ne te suffit pas ? » lui dit la Mule avant de lui laisser son écuelle.

– Dis-nous, la Mule, qu'est-il arrivé à cette chère Bomberas ? Je vois sur son épaule une cicatrice étonnante par sa longueur ? Est-ce dû à des crocs, des lames ou des balles ?

Au lieu de répondre, la Mule continua à mastiquer un morceau de chèvre. Fallait-il dire les véritables raisons de cette blessure ? Le faire serait révéler la nature de son commerce, dont le secret était l'une des conditions à sa réussite. Ce serait aussi s'exposer à la loi des hommes et à la justice d'en bas. Cependant, cette troupe lui était sympathique. Comme elle, ils avaient le goût de la fuite, se méfiaient d'une vie étroite, arrimée à la terre, aux champs et aux pierriers. Comme elle, ils évoluaient dans les marges et n'avaient pas intérêt à parler trop haut, à l'exception de Maniolos qui avait fait du récit son métier. Mais l'ancien savait peser sa parole. Il avait le cœur droit et juste, comme celui des jeunes qui ne s'amuseraient pas à la trahir. Elle éprouvait aussi en leur compagnie des émotions qu'elle n'avait pas ressenti depuis longtemps; une petite ouverture dans le cœur lorsqu'elle les voyait marcher devant elle, une sensation étrange de légèreté mêlée à de l'amusement lorsqu'elle écoutait le berger narrer ses histoires ou Hélias poser ses questions. Gayané lui plaisait particulièrement. Elle appréciait son silence, sa rage et son courage, sa manière de se tenir droite et fière malgré la sévérité des anciens et les railleries des veuves qui se faisaient complices de la loi des hommes. Elle éprouvait pour elle une affection qu'elle avait jusqu'alors réservée à son ânesse: elle avait envie de la protéger; l'idée qu'il lui arrive un malheur était insupportable, elle pourrait aller jusqu'à se battre pour elle si ses jours étaient en danger.

Dans l'espace suggéré par le feu, il était donc possible de raconter ses histoires sans risquer les punitions de la place publique. C'était d'ailleurs pourquoi elle avait recours aux forêts: dans les marges des cités, loin au-dessus des lois, encerclée par les mâchoires des bêtes, la gorge brûlée par la fumée d'un feu, elle pouvait agir et penser sans que les gestes et les opinions soient réprimés dans l'espace étriqué d'une ruelle de village.

– Elle a pris une balle.

– Une balle ! s'exclama Maniolos. Grandiose ! Mais comment un âne peut se prendre une balle de fusil, la Mule ? Ton ânesse est-elle une guerrière ? Les tapis sur lesquels je dormirai ce soir, des cuirasses ?

– Elle a pris une balle suite à une escarmouche qui a dégénéré.

– Magnifique ! Savoureux ! Délicieux ! Je m'en lèche les babines ! Mais attends un peu, ces histoires sont meilleures lorsqu'elles s'agrémentent de vin rouge.
Il remplit les verres et lui demanda de continuer. Malgré la confiance qu'elle leur accordait, fallait-il tout évoquer ? Parler des convois d'une cinquantaine d'ânes et chevaux dans lesquels elle s'incrustait en queue de cortège ? Fallait-il dire qu'à la place du blé, de l'orge, de la viande et du fromage qu'elle prétendait convoyer dans les sacoches de l'ânesse, elle cachait plutôt du tabac, des fusils et de la poudre qu'elle descendait ensuite au village ? Fallait-il dire qu'elle aidait parfois quelques malheureux du Monde à franchir le col pendant les nuits d'hiver contre une poignée de pièces ?
– En redescendant un col, je fus repérée par trois gardes qui voulaient vérifier les sacoches de Bomberas. Ils étaient postés sur l'adret, allongés au sommet d'un petit promontoire. Ils me sommèrent de m'arrêter, mais voyant que je continuais ma route, ils ouvrirent le feu.
– Et alors, qu'as-tu fait ?
– Eh bien ! Je me planquai derrière un rocher, je dégainai mon fusil, je les arrosai de plombs !
– Superbe, superbe !
Dans l'ombre, Gayané buvait ses paroles.
– L'ânesse reçut une balle perdue, qui, par chance, ricocha sur son épaule. Le plomb la fit braire, elle se précipita droit vers le torrent et dispersa l'intégralité des sacoches dans l'eau. Voyant la marchandise perdue, les gardes décidèrent de renoncer à leur mission.
Elle s'arrêta là, omettant de dire qu'elle avait profité de la fuite de l'ânesse pour envoyer de nouvelles rafales en direction des gardes, qu'elle en avait même touché

un au flanc, sans jamais savoir ce qu'il advint de lui à la suite de cette blessure. Elle ne précisa pas non plus la nature de son chargement : dix livres de poudre à canon, qui, si elles avaient été touchées par la balle, auraient fait exploser Bomberas et créé, par la même occasion, une série d'avalanches désastreuses qui les auraient emportés dans une même vague de rocher, elle, l'ânesse et les gardes. Ainsi, elle leur cacha aussi l'origine du nom de l'ânesse, « Bomberas, la pompière des montagnes », donné en souvenir du feu d'artifice évité de justesse.

– Je vois que tu sais aussi te battre avec la mort.

– Je patientai de longues heures derrière mon rocher, à attendre que la nuit gomme les contours de mon corps. Ensuite, je partis seule dans les montagnes à la recherche de l'ânesse blessée. Je n'étais pas emmurée en moi-même comme tu l'étais, mais j'avais froid et peur, peur de recevoir en mon dos et en pleine nuit, la mort sous la forme d'une balle. Heureusement, je me souvins qu'il y avait une cache d'alcool et de cigares sous une pierre plate, non loin de l'endroit où je me situais...

Maniolos sourit. Il connaissait lui aussi ces pierres plates surmontées de cairns sous lesquelles les bergers ou contrebandiers entreposaient quelques bouteilles et poches de tabac. Ces trous étaient, pour les travailleurs des montagnes, des trésors cachés dans les plis du territoire qui offraient la promesse d'un réconfort immédiat en cas d'extrême nécessité, ou d'ennui profond.

– Je réussis à trouver la cache ! Je balayai une pyramide de pierre, soulevai la pierre plate et bus une grande gorgée. Revigorée par le liquide, je pus continuer la recherche de mon ânesse, que je retrouvai peu de temps après.

Hélias baissa la tête, Gayané continua à fixer la Mule avec admiration. Si Maniolos appréciait l'histoire, il n'était pas surpris. Il avait depuis longtemps connaissance des activités illégales de la Mule mais se gardait bien d'émettre un quelconque jugement. Il tenta de dissiper la gêne qui s'était installée autour du feu :
– Allons, allons, buvons maintenant en l'honneur des brigandes et des bergers qui se battirent avec la mort, sous forme de foudre ou de plomb ! Bomberas, ânesse de combat, viens trinquer avec nous.
Il resservit du vin, en déposa sur son museau, ce qui fit rire la troupe, bourra puis alluma une nouvelle pipe afin de la faire tourner autour du feu. Ils fumèrent jusqu'à ce que la fatigue les assaille.
– Allons nous coucher maintenant, suggéra-t-il. Il se fait tard et la journée de demain sera longue.
Ils se saluèrent, rentrèrent en leurs tentes, laissant Maniolos seul devant les flammes. Il s'allongea sur les tapis de l'ânesse, tira son capuchon sur ses yeux et s'endormit bercé par le crépitement du feu, tout en gardant une oreille tendue vers les bruits de la forêt. Quant à Gayané, elle se coucha heureuse, avec la trace agréable de la fumée sur ses cordes vocales.

Au moment de sombrer, elle eut impression qu'un duvet de plumes commençait à lui pousser dans le cou. Elle passa alors sa main à l'endroit des picotements, mais effleura une peau glabre et lisse. Une peau humaine. Rassurée, elle sombra dans le sommeil.

CHANT DE L'OMBRE

Je vais en ce livre à la manière d'une ombre. Je passe entre les lignes comme entre les arbres et me tapis derrière les mots comme derrière les rochers. Je loge dans les plis du paysage mais prends toute la place dans les esprits de ceux qui l'habitent. Mon absence remplit l'espace, je suis un spectre qui parfois se densifie. Mes pas font alors résonner le sol, mes griffes sortent de l'obscurité, ma mâchoire crantée s'ouvre pour s'abattre sur une clavicule qu'elle casse puis broie par des gestes lents et lourds.

Au loin, très loin dans la Forêt, il y a cinq humains, quatre autour d'un feu, un autre dans le bois. Le cinquième a une fourche en sa main droite et un fusil en bandoulière. Sa mâchoire est crispée, ses yeux pleins de malice. Mais celui-ci ne m'intéresse pas. Ses tendons sont secs et ses os apparents. Je pense plutôt aux flancs de l'ânesse qui les accompagne. Tout à l'heure, elle a passé sa tête par-delà les feuillages. Je me serais bien rapproché de son cou mais la place est trop bien gardée par le vieux sorcier à peau lisse à qui j'ai déjà pris quelques brebis dans le passé. Lui aussi a l'odeur d'un âne. Il dort les bras croisés sur son torse, semble inoffensif, mais je sais qu'il connaît tous les regards de la Forêt. Si je décidais de me rapprocher, il sentirait immédiatement ma mâchoire s'ouvrir et mes yeux se tourner vers la clairière.

VI

LES TROIS ÉTAPES D'UNE ASCENSION : ALPAGE

(nous faisons la juste jonction entre Dieu et l'humus)

Un jour, nous sortons brusquement des racines, des ronces et des brumes. Un jour, les éclipses cessent, les colonnes des nuages s'évaporent, les rideaux de brouillard se dissipent et s'ouvrent sur une lande parfaite, piquée de fleurs multicolores foudroyées par le soleil. Dans la clarté du jour retrouvé, nous réalisons alors que nous sommes des êtres d'alpage. Notre chair émerge de la terre, nos peaux se foncent mais nos intériorités s'éclairent. Les contours de nos volontés se précisent, les bords de nos désirs s'aiguisent, les méandres qu'étaient nos chemins s'alignent et filent à travers le désert.
Nos doutes disparaissent, nos oppositions s'équilibrent, nos tensions se relâchent, nos remous se tassent comme l'argile se dépose au fond de l'eau et nous parvenons enfin à une terre droite et sûre que nous appelons *la paix*. Alors nous allons chantant au milieu des herbes et des fleurs, le regard tendu vers l'horizon, un pied dans les sous-bois et la tête au ciel, dans la fierté de faire la juste jonction entre Dieu et l'humus.

C'est sous cette pluie de soleil que notre troupe arriva à l'Alpage du Grand Lac. Au milieu de l'après-midi, ils virent les arbres s'espacer, leurs troncs se rabougrir et leurs cimes diminuer. Les conifères n'étaient plus ces rois triomphants dont la puissance reposait sur leur solidarité, ils étaient plutôt des individus esseulés tentant de lutter contre la pente, le vent et le froid afin d'étendre leur empire. Mais les forces du haut résistaient : le vent cherchait à plier les branches et isoler les derniers combattants, la verticalité essayait d'arracher les troncs de la terre et le froid tentait de terminer le travail en gelant les quelques racines qui avaient réussi à établir demeure dans la terre. Quant au soleil, il se battait avec la brume pour lui interdire l'accès à l'alpage. Privée des arbres qui la contenaient, elle finissait par abdiquer sous les coups répétés des rayons.

Ses voiles disparurent et nos compagnons purent découvrir au détour d'un sentier un nouveau monde, l'Alpage du Grand Lac, fait de lumière, de bleu et de vert. L'herbe abondante s'étendait sur une terre enfin plate descendant doucement vers le Grand Lac, une tache d'eau, miroir du ciel. Après le lac, on pouvait distinguer deux chemins : le premier faisait d'harmonieuses courbes dans l'herbe avant de se changer en traits rectilignes qui montaient en lacets vers le raide et pierreux col de la Passe. Le second partait de la berge et menait directement vers une vallée étroite qui donnait sur la Montagne Lumineuse, irradiante de blancheur. À l'orée des bois saturés de brumes, de lianes, de sang et d'humus, elle habitait l'horizon comme une apparition, une statue de vierge, une déesse païenne, un dieu nourricier qui semblait s'abreuver de lait froid, de lumière et de neige. Quelques vautours, gypaètes, aigles et rapaces faisaient leurs rondes au-dessus du lac puis repartaient en direction de la Montagne où ils nichaient. Enfin, si on plissait l'œil en direction des rives du lac, on pouvait deviner une série de murs décrépis et pour

la plupart effondrés, supposant que ce lieu avait été habité dans le passé par un hameau conséquent. À leur vue, les yeux de Maniolos s'embuèrent. Une larme coula sur sa joue et alla rejoindre la rivière qui serpentait entre les fleurs.
La rivière irait vers le lac
Le lac deviendrait nuage
Le nuage se convertirait en pluie
La pluie ramènerait les larmes vers la terre.

– Là-bas ! Enfin ! La voilà !
– Quoi ?
– La beauté !
– Où ?
– Au loin ! Sous la forme d'une montagne drapée, avec le soleil
– Qu'est-elle ?
– Celle qui ouvre ta vue
– Mais encore ?
– Celle qui brûle ta vue
– Mais encore ?
– La preuve que demeure l'indemne au milieu du chaos
– Mais encore ?
– Le sanctuaire inviolé de nos rêves les plus fous
– Mais encore ?
– Un visage dans la nuit
– Mais encore ?
– Une ancre à laquelle on s'accroche lorsque tout s'écroule
– Peux-tu en dire plus ?
– Une forme qui toujours glisse sous les mots
– Continue !
– Une forme sur laquelle le sang n'a pas d'accroche

– Encore !
– Une forme qui résiste à nos malheurs
– Peut-on la prédire ?
– Non. Elle est un oiseau qui passe dans le ciel
– Quoi ?
– Elle est un éclat qui consume les yeux et le cœur
– Poursuis !
– Elle est ce qui sauvera ta vie
– Ah bon ?
– Elle est bien plus encore
– Que faut-il en faire ?
– Rien
– Rien ?
– Rien, sinon abaisser ton regard
– Mais encore ?
– Rien, sinon la dire
– Est-ce possible ?
– Jamais assez
– Grand-père, était-ce une larme sur ta joue ?
– C'était une larme
– Es-tu ému ?
– Sans doute
– Par quoi ?
– Par la beauté
– Seulement ?
– Non, je mens
– Par quoi alors ?
– Par les ruines, fils, par les ruines.

Après de longues heures de marche sous un soleil qui durcit leurs peaux ramollies par la Forêt, nos compagnons

atteignirent les berges du lac, le cœur pacifié par la quiétude du paysage. Là-bas, Maniolos déambula avec mélancolie au milieu des vestiges du hameau, à la recherche du meilleur endroit où établir le camp. La Mule débâta Bomberas et brossa son poil pendant qu'Hélias et Gayané essayaient de s'immerger dans le lac.
« C'est froid ! cria le jeune homme en plongeant ses pieds dans l'eau. Maniolos avait pourtant dit qu'il y avait des sources chaudes ! » Gayané entra facilement, le regard dirigé vers le centre du lac.
Le liquide engloutit ses jambes, enserra ses muscles endoloris par les jours de marche, puis recouvrit ses hanches, son ventre, ses épaules. Elle serra des dents puis enchaîna quelques brasses. Derrière elle, Hélias tenta de la rejoindre avec peine. Elle plongea sa tête sous la surface, annulant ainsi la rudesse du relief, puis la ressortit, découvrant à l'horizon la Montagne Lumineuse qui lui apparut comme un rêve. Elle se retourna et aspergea Hélias qui venait de la rejoindre.
« Qu'il est bon de quitter le village ! s'exclama-t-il, si les autres savaient ce qu'ils ratent en s'interdisant de venir... Il n'y a rien de maudit ici ! »
Gayané continua à nager jusqu'à atteindre le centre du lac où elle se retourna sur le dos. À nouveau, la pesanteur s'annula, le poids de ses os disparut, elle ferma les yeux puis les rouvrit sur le ciel dans lequel tournoyaient les aigles. Ici, il n'y avait ni peur, ni village, ni violence, ni regards qui forçaient à baisser la tête ; ici, le glaive de l'idiotie des hommes ne l'atteignait pas ; ici, les moqueries des places ne l'esquintaient plus ; ici, ses cordes se déliaient et sans doute allait-elle pouvoir parler, chanter, crier. Ici, elle enlaçait l'eau et le ciel en même temps ; ici, il y avait enfin un espace

immense pour l'enfance ; ici, Gayané était droite et forte de la force de la douceur qui, dans les tréfonds du cosmos, a toujours l'avantage sur la violence.
Elle laissa ses bras onduler à la surface, puis prit une longue inspiration, gonfla ses poumons d'air, bloqua son plexus et se retourna d'un coup pour plonger en direction des abysses. À nouveau, il n'y eut plus que le silence. Elle battit des pieds pour gagner en profondeur, enchaîna quelques brasses en contemplant avec délice le vide (cet envers des sommets) qui s'agrandit devant elle. Le silence se densifia, l'eau se refroidit encore, la lumière baissa, le fond du lac devint bleu nuit, puis bleu pétrole, puis noir cosmos, un noir aussi sombre que l'univers, car notre monde est troué en deux
Des abysses jusqu'aux cieux
Qui se ressemblent et s'assemblent
Se retrouvent et s'accouplent
Nous rappelant qu'il y a au fond des choses
Ni sols, ni rochers, ni lieux.

La température s'inversa. Des tréfonds de l'eau remontait un courant chaud, les muscles de Gayané se détendirent, elle arrêta sa plongée, se retourna vers la surface où milles reflets bleutés, translucides et fuyants scintillaient et ondulaient dans l'obscurité. Quelques notes métalliques lui parvinrent. Elle vit la silhouette d'un corps la rejoindre, les muscles saillants d'un torse se tendre et se détendre pour lui permettre d'approfondir sa chute liquide, de raccourcir la distance qui les séparait. La silhouette se rapprocha. Au milieu de l'abysse, les corps se regardèrent sans se voir, s'effleurèrent en jouant des mouvements et des ondes. La silhouette tira doucement son avant-bras pour faire glisser Gayané dans l'abîme.

Elle dériva sans crainte, puis saisit à son tour une cheville, tira dessus, fit onduler son partenaire qui se retourna, revint vers elle, s'empara de ses deux mains, les fit tournoyer avant de les lâcher dans le liquide ; Gayané roula et déroula, fila et fusa, ondula, monta, vola et dansa dans l'eau qui lui arracha des sourires, car les mauvais regards venaient de se dissoudre, car l'eau annulait les tourments. Au milieu de cette danse liquide, elle entendit une mélodie qui lui parvint comme un écho depuis les tréfonds de l'eau :

Te souviens-tu ?
D'où nous venons ? Où allons-nous ?
De ce temps où nos corps étaient des ombres et nos différences des illusions
Te souviens-tu ?
De ces endroits où il n'y avait ni terre, ni air
De ces espaces sans bords qui précédaient nos chairs
De ce temps où nous étions unis
Ce temps qui précédait nos vies ?
Nous nagions dans l'indifférence, les yeux fermés
Sans connaître la peine, ni la soif, ni la faim
Nous n'avions ni désirs, ni envies
Autres que celle de continuer la valse infinie
Celle des gens heureux
Celle des âmes
Revenues à Dieu ?

« De l'air, de l'air ! » hurla Hélias en sortant la tête de l'eau. Gayané émergea à son tour en inspirant à plein poumons. Ils se regardèrent, troublés par l'expérience qu'ils venaient de vivre, puis rirent en chœur avant de rejoindre la berge.

Le jour commençait à tomber. Quelques étoiles tapies dans la lumière semblaient attendre que la nuit advienne. Dans les ruines, la fumée d'un feu indiquait que Maniolos préparait le repas. La Mule avait fini de planter les tentes. Assise sur une pierre, elle se remit à vérifier les rouages de son fusil. Hélias et Gayané se séchèrent, puis vinrent se réchauffer près du feu.
– Maniolos, quel est le mystère de cette eau ? Elle est froide à la surface et chaude en son milieu. Lorsqu'on entre en elle, on danse, et quand on en ressort, c'est avec le sourire.
– Cette eau est magique, je vous l'avais dit, les enfants. Elle est pure comme les glaces dont elle provient, et pleine de visages de saintes. On dit même qu'elle est un peu d'Esprit sous forme liquide.
Il dit ça et la tristesse passa à nouveau sur son visage.
– Grand-père, était-ce une larme sur ta joue ?
– C'était une larme
– Es-tu ému ?
– Sans doute
– Par quoi Grand-père ?
– Par les ruines, fils, par les ruines.

VII

BIVOUAC N°2 : LES RUINES DU GRAND LAC

(première partie du monologue de Maniolos)

Un bout de lune mouille le sommet de la Montagne Lumineuse, quelques étoiles sont tombées dans le lac et attendent le jour. Au milieu des ruines, la lumière d'un feu rassemble à nouveau les humains. Autour de lui, conversent Maniolos et le vide qu'il ménage à ses côtés, Gayané, notre fille aux yeux d'or et de foin, Hélias au cœur trop tendre pour cette histoire et la Mule, dont nous peinons encore à comprendre les intentions. Tous boivent la soupe des rivières, un mélange d'épinards et de lard bouillis dans l'eau des ruisseaux, dans lequel on trempe un pain épais couvert de fromage de chèvre.

À la suite du repas, Maniolos tassa sa pipe et distribua quelques verres de vin à ses compagnons, en prenant soin d'en déposer un devant la place vide. Postée sur une pierre, la Mule commença à expliquer le fonctionnement de son arme à Gayané. Maniolos fumait, Hélias regardait les étoiles, bercé par le cliquetis du fusil, fatigué par la journée.
– Maniolos, as-tu le cœur aux histoires ce soir ? demanda-t-il
– Oui fils, toujours. Mais celle de ce soir s'annonce longue et triste.
Gayané et la Mule levèrent la tête, inquiétées par les paroles du berger.

Le vieil homme posa un regard mélancolique sur les murs des ruines. Il les caressa de sa main râpeuse. La lumière du feu creusait ses traits et accentuait ses rides. Il ôta le capuchon qui lui couvrait le visage, reprit la bouteille de vin et remplit à nouveau les verres.

– Tenez, prenez des forces, ce sera long. Il but d'un trait. Voyez-vous, mes fils, je suis triste car ce que vous voyez ici sous la forme de décombres étaient les murs de maisons solides aux charpentes robustes dans lesquelles des foyers crépitaient et des humains vivaient. Ces vestiges recouverts par le lichen et les herbes étaient les bases d'une série de maisons qui formaient un hameau dans lequel courraient nos enfants. Le soir, on n'avait pas à dormir au sol car les cheminées fumaient, car les portes s'ouvraient pour qu'on se rejoigne près des tables autour desquelles circulaient nos histoires.

– Mais je pensais que tu étais berger solitaire en cet alpage ? Que tu y montais avec ton troupeau au milieu du printemps et y redescendais au moment des premières neiges ?

– C'est juste. Mais ce fut plus tard en ma vie. En vérité, je suis né ici et c'est entre l'une de ces pierres que j'ai poussé mon premier cri.

– Quoi ! Tu es né ici ? On pouvait naître à l'Alpage du Grand Lac ? Hélias fronça les sourcils. Maniolos, pourquoi ne nous a-t-on jamais dit qu'il y avait des habitations ici ?

– Comme je vous le disais dans la Forêt, la paix de notre village repose sur des histoires enfouies qu'il faut éviter de faire ressortir sur les places, comme vous l'avez fait l'autre jour. L'une de ces histoires concerne le hameau où nous sommes.

– Alors raconte-nous !

Les aiguilles des horloges se figèrent, les étoiles cessèrent de tourner.

– Il y a longtemps de cela, disons, quelques centaines de lunes avant ma propre naissance, une vieille tradition était répandue en nos vallées. Les familles avaient pour coutume de léguer leurs terres au premier enfant de la fratrie. Ainsi, dès qu'il était en âge de prendre ses responsabilités, l'aîné restait au village afin de reprendre l'exploitation familiale. Il avait le droit d'embaucher ses frères et ses sœurs ou des habitants qui ne disposaient pas de terre. Les cadets étaient donc contraints de travailler pour lui, faute de disposer d'autres moyens de travail que leur propre corps. Les jalousies s'accumulèrent jusqu'à ce que les cadets décidèrent de ne plus subir la coutume, et de prendre leur destin en main. Lors d'un jour perdu dans les décombres du temps, ils se regroupèrent sur la place, comme nous le faisons chaque dimanche, et prirent ensemble la décision de quitter le village pour s'installer plus haut sur la montagne, en un lieu reculé et peu fréquenté par les gens du village.
– L'Alpage du Grand Lac ?
– C'est cela.
– L'Alpage du Grand Lac était donc peuplé par les villageois ?
– Tu as compris.
– Et donc, que dirent les aînés ?
– Ils laissèrent faire, tout en condamnant le geste et en se moquant d'eux. Car ils savaient que les cadets seraient réduits à une vie de labeur, là-haut, bien trop haut sur la montagne.
– Ils avaient raison ! Il n'est pas possible de vivre à l'année en cet endroit, dit Hélias en se rapprochant du feu pour profiter de sa chaleur.
– En effet, l'installation fut rude. Les cadets et leurs femmes montèrent avec quelques bêtes et légumes au printemps.

Ils construisirent des semblants d'abris dans lesquels ils passèrent leur premier hiver, qui fut si dur qu'une partie d'entre eux décida de redescendre au village... En bas, ils furent moqués et logés dans les quartiers les plus froids et les plus humides. En haut, la communauté se renforça : le printemps arriva et fit gonfler les muscles, le troupeau se multiplia, la chasse fut abondante, les cabanes devinrent des maisons et même des granges dans lesquelles ils purent entasser quelques bottes de foin pour l'hiver suivant.

Il attisa les braises et reprit :

– Les années passèrent, les hivers se succédèrent, ils vécurent ainsi à l'écart du village, en ce désert d'altitude, avec pour uniques compagnons les bêtes, les chiens et les rapaces.

– Comment tu sais ça ? l'interrompit la Mule.

– Ma mère me mit au monde entre ces pierres. Après avoir accouché, elle me baigna dans les eaux du Grand Lac. Dès que je pus monter sur mes jambes, je l'accompagnai garder notre troupeau qu'on faisait paître sur les pentes herbeuses en face de vous, puis dans les combes et sur les pelouses d'herbe fine de la Montagne Lumineuse qui restaient vertes et fraîches jusque tard dans l'été.

Les sourcils de la Mule se froncèrent, elle le coupa :

– Attends un peu, berger. Si tu dis vrai, cela veut dire que tu as connu les siffleurs ?

– Oui, et même mieux que tout autre, dit-il en baissant les yeux.

Ils pressèrent leurs regards sur lui.

– Et alors ? s'enquit Hélias, comment étaient-ils ? Avaient-ils les cheveux aux racines de bruyère ? Mangeaient-ils des vautours ?

– Non, rien de cela. Ils avaient les mêmes cheveux que vous, mangeaient les mêmes aliments, les légumes de notre montagne, les fromages de nos brebis, la viande de nos agneaux. Leur peau était un peu plus foncée par la vie en plein air et leur corps plus robuste. Si je me souviens bien, seules deux choses signifiaient leur différence…

Il retint ses mots.

– Leur langue sifflée, d'abord. Ils communiquaient effectivement entre eux en sifflant.

– En sifflant ? Est-ce possible ?

Maniolos ignora la question.

– Il y avait encore autre chose qui les distinguait, un détail, un bijou, une boucle.

– Quoi ?

– Une boucle d'or. Tous avaient une boucle d'or accrochée à l'oreille.

La troupe fixa l'oreille du berger.

– Une boucle d'or ? Comme la tienne ?

Il hocha la tête. Hélias hésita, avant de reprendre :

– Mais alors, cela veut dire que…

Le feu crépita dans le silence

– Que toi aussi tu es un…

Les flammes léchèrent le bois, le compressèrent de chaleur jusqu'à ce qu'il craque, abdique, devienne braise, puis cendre, puis terre.

– … siffleur ?

Maniolos approuva :

– Oui. J'étais un siffleur. Nous étions les siffleurs.

La troupe était sidérée.

– Explique !

– Ce hameau, ces ruines sur lesquelles vous êtes assis, ce lieu dans lequel nous demeurons, eh bien… c'était notre village et nos maisons, à nous, le peuple des bergers siffleurs.
La Mule l'interrogea :
– Mais pourquoi ? Car vous siffliez au lieu de parler ?
– Oui. On communiquait parfois grâce à une langue sifflée.
– C'est-à-dire ?
– Regardez autour de vous.
Ils se tournèrent vers la nuit et imaginèrent les pentes de l'Alpage remonter à gauche jusqu'à la Montagne. À droite, elles se redressaient jusqu'au col de la Passe qui faisait un trait de pierre dans l'obscurité.
– Les pentes que vous voyez se font face, mais la distance entre elles demeure trop importante pour communiquer par la voix. Alors, pour nous parler en ces espaces, nous avons eu recours à une chose qui porte plus que le cri humain : le sifflet.
– D'où venait ce langage ? De vos gorges ? D'un autre peuple ? Des esprits ? Des rapaces ?
Le doyen se racla la gorge, se resservit du vin puis attisa les flammes. Il se redressa encore, entrouvrit ses bras, son ombre dansa sur les murs.
– Une nuit d'hiver, alors que nous étions ensemble autour d'une table, le visage éclairé par les lueurs des bougies, ma mère dit : « Au début était le soleil, puis le soleil a engendré la montagne, puis la montagne a engendré l'aigle, puis l'aigle a engendré le premier homme, l'homme-siffleur qui strie le ciel de ses cris. L'homme-siffleur est ensuite descendu des montagnes pour se répandre en nos vallées et villages… » Cela n'était que foutaises ! Comme je vous l'ai dit, nous étions des cadets, issus de notre village, et non des fils

de rapaces. Cependant, laissons le mythe parler car il n'est pas si éloigné de la réalité, il ne fait que la dire en d'autres termes. Car le premier siffleur a vraiment existé. Il n'était pas enfant d'un aigle, c'était un cadet de l'exode, et il fut à l'origine de notre langage.

Il marqua encore une pause

– Voyez-vous, l'été, lorsque la chaleur revenait, nos vies devenaient solitaires. Lors des gardes, on partait seuls avec nos troupeaux - quelques centaines de bêtes par berger. On vivait, dormait, mangeait avec elles plusieurs mois, pendant lesquels on ne conversait qu'avec nous-mêmes, nos chiens, ou les oiseaux. Or, un jour, lors d'une sieste estivale en compagnie des aigles et des vautours, le premier siffleur se réveilla avec l'idée d'imiter leurs cris. Il quitta son troupeau du regard et se concentra uniquement sur leurs vols. Il était si captivé par les courbes, ondulations, piqués et plongées qu'il manqua de s'évanouir et de tomber lui-même dans le vide ! Mais à force de les contempler, il réussit à les imiter.

Les yeux de Maniolos se rallumèrent.

– Il fourra ses doigts dans sa bouche et souffla. L'air expulsé s'engouffra dans une petite cavité entre sa langue et ses doigts et sortit sous la forme d'un son aigu. Alors il continua, il souffla et siffla de plus belle, se mit à maîtriser les aigus et les graves, à jouer avec les hauteurs, à couper, modeler, mouler son sifflet avec une telle précision qu'il inventa une gamme de sons, si vaste qu'elle pouvait même imiter notre langue en se calquant sur elle. Excité par sa trouvaille, il décida de réunir l'ensemble des bergers de l'Alpage afin de leur en faire part. Le sifflet amplifiait notre langue, disait-il. Il pouvait nous permettre de communiquer plus aisément entre les différents versants de l'alpage, il pouvait nous sortir de nos solitudes, et raccourcir les distances qui nous séparaient. Très vite, il se répandit ici comme notre second langage. Galvanisé par sa découverte, il abandonna définitivement son troupeau et décida de s'installer, ou plutôt de nicher sur les parois de la Montagne Lumineuse. Là-bas, il continua à observer seul la danse des aigles et à approfondir les subtilités de cette langue dont il était l'inventeur. Là-bas, il devint le meilleur siffleur de l'histoire ! Car là où on utilisait cette langue à des fins pratiques, il l'employait autrement, de manière, disons, « poétique », pour exprimer ses sentiments ou la beauté de notre monde. Mais il poussa l'aventure trop loin… Isolé dans le délire de sa langue, il finit par se couper des hommes. Les sons qui sortaient de sa gorge n'étaient plus seulement calqués sur notre langage mais signifiaient des choses que lui seul et les aigles pouvaient comprendre… Il alla même jusqu'à demander à ces derniers de lui ramener des charognes afin qu'il puisse se nourrir et on dit même qu'il se mit à manger la chair putréfiée de nos propres moutons.

– C'est répugnant ! s'exclama Hélias.

– Des ailes lui poussèrent dans le cou, sur les côtes, le long de ses cuisses… Il tenta même d'en coller de plus grosses avec de la cire, si bien qu'un jour, il eut le désir d'abolir la pesanteur et de s'approcher du soleil en volant. Il sauta de son nid, plana quelques mètres, mais s'écrasa en contrebas, ramené brutalement à sa condition de mammifère bipède.

La Mule gloussa, Maniolos se frotta le menton.

– À vrai dire, je ne sais le degré de réalité de cette histoire. Mais elle marqua nos imaginaires. On pensait que c'était sur les parois de la Montagne Lumineuse que la langue sifflée s'apprenait le mieux, si bien qu'on développa un étrange rituel : dès que nos enfants avaient l'âge de garder les bêtes, on les montait à la Montagne à la fin de l'été jusqu'au nid du premier siffleur. Nous, on se postait sur l'autre versant afin de communiquer avec eux en sifflant. Pendant deux jours et deux nuits, ils apprenaient ainsi à contempler le vol des vautours et à converser avec nous. La fatigue, le froid, la peur et la faim modifiaient leur appréhension du monde. Hors de leurs lits, ils se mettaient à rêver d'aigles et de chocards, et les sifflets s'ancraient alors en leurs gorges. À l'aube de la seconde nuit, on allait les chercher pour les descendre à l'Alpage. Une fois en bas, on les ramenait aux hommes en leur donnant à boire une potion faite de lait et de miel. Le lendemain, la plupart d'entre eux se réveillaient en maîtrisant le langage sifflé.

Les étoiles chutèrent dans les yeux de Maniolos qui se laissait envahir avec délice par les tentacules du passé.
– Puis les hivers arrivaient. Le jour déclinait, la nuit tentait d'asseoir son emprise sur le monde, les bords du lac gelaient, seul subsistait un trou fumant en son centre, à l'endroit de la source d'eau chaude. La neige tombait, elle faisait un petit poème qui venait adoucir le relief, elle nous apportait ce qui nous manquait de lumière. Puis le vent se levait et un froid terrible mordait nos peaux. Ah, si vous saviez combien ce froid était intense… Il compressait nos muscles, ralentissait notre sang, simplifiait nos pensées, nous forçait à rentrer en nos demeures. Afin d'économiser le bois, on allumait un seul et unique feu dans la plus grande maison du village sur laquelle fumait une marmite remplie de nos agneaux mélangés aux légumes et céréales de la saison passée. On sortait uniquement pour nourrir nos bêtes, pour aller couper du bois dans la Forêt, en évitant de glisser sur

les plaques de gel et de tomber dans les mâchoires de la nuit. Lorsque le foin ou la nourriture manquait, on sortait agripper une brebis, et on lui passait le couteau sur la gorge en serrant les dents. Car c'était ces mêmes bêtes qu'on avait aidées à naître, quelques mois plus tôt, car c'était ces mêmes brebis à qui on donnait le lait lorsque les mères ne faisaient pas le travail. Elles nous chérissaient comme des pères et des mères, et nous, à l'entrée de l'hiver, on les tuait, comme s'il était normal d'égorger ses propres enfants. Mais au moins, on savait ce qu'il fallait de larmes et de soleil pour nourrir nos muscles. Ainsi, chaque repas devenait une libation, un sacrifice pendant lequel on s'excusait devant je ne sais quelle puissance de cette vie annulée pour nous, de cette dette de sang qui s'accumulait en nos veines. Lorsque la besogne était trop dure, lorsque nos enfants nous interdisaient de tuer leurs bêtes fétiches alors on sortait traquer le chevreuil dans les bois. S'il nous échappait, on débusquait les marmottes de leurs terriers pour mettre un terme définitif à leurs hibernations. Et si les marmottes ne se laissaient pas avoir, alors, rarement, très rarement, on tirait les vautours qui passaient dans le ciel et on mettait leurs carcasses en nos marmites !

– Maniolos, c'est ignoble.

– Si vous saviez comme la plume de vautour est bonne lorsqu'elle a bien bouilli ! Puis on rentrait dans nos demeures, on réparait nos souliers, tressait nos hottes, transformait la laine en vêtements, et on se racontait des histoires de femmes aux crocs blancs au milieu de l'hiver qui embrumait nos esprits. Lorsque certains d'entre nous ne supportaient plus ces huis clos nocturnes, ils sortaient, criaient, et courraient sur le lac gelé jusqu'à son centre où ils plongeaient pour sentir la chaleur de l'eau au milieu de la nuit. Au-dessus d'eux, le ciel s'éclairait parfois de filaments roses, bleus ou verts, les cheveux des anges, qui formaient d'étranges silhouettes dans la nuit…

Il reprit d'un air plus grave :

– Puis l'hiver déclinait, le soleil remontait dans le ciel, la neige fondait. Les agneaux sortaient des entrailles fumantes, s'écroulaient au milieu de la paille, grelottaient de froid, tentaient de décoller leurs paupières pour avoir une vue sur le monde. Cette odeur de lait de brebis qui se mêlait à celle du foin chaud, c'était l'annonce du printemps qui allait percer la gangue de l'hiver…

Il se leva, ses yeux brûlaient, sa joie augmentait :

– Oui ! Venait le printemps ! Nos chairs maigres, blanches, et flasques devaient réapprendre la science de la marche. On sortait de notre hibernation en tremblant, mais au bout de quelques jours, à force de soleil et d'efforts, nos muscles se densifiaient, nos peaux s'assombrissaient, nos jambes se redressaient et on levait à nouveau la tête vers le ciel, en peuplant le monde de sifflets. Les matins, on donnait à manger le peu de foin qui restait à nos brebis, chèvres et moutons, puis on les faisait goûter doucement l'herbe froide qui sortait de la neige afin que la nouvelle verdure évite de les rendre malades. En ce temps, la montagne était blanche, grise et noire. Mais les coups répétés de la pluie et du soleil repoussaient les bandes de neige jusqu'aux sommets… Les marmottes sortaient, l'herbe verdissait, l'Alpage se criblait de jaune, de rose et de bleu. Dès que l'énergie de l'été était revenue en nos cellules, on allumait d'immenses brasiers autour desquels on dansait ! Les jeunes se séduisaient en zébrant le ciel de poèmes sifflés, et nous, on levait nos mains pour accrocher des branches de voie lactée que certains réussissaient à ramener autour du feu. On dilapidait alors nos dernières économies dans des banquets de joie, dans la confiance folle que l'été pourvoirait à nos futurs besoins...

Il se resservit du rouge, but, puis reprit :

– Et l'été venait ! Il venait en nous prodiguant ce qu'on cherchait ! On prenait nos quartiers non loin du village, pendant que d'autres restaient au hameau faucher l'herbe, faner puis botter les foins. Lors des premières semaines, les distances parcourues nous permettaient de rentrer en nos maisons. Mais l'été progressait comme un ogre, il assoiffait les brebis, grillait l'herbe, jaunissait les pâtures, nous forçait à nous retrancher sur les hauteurs, vers les derniers îlots de verdure qui conservaient la fraîcheur. Le hameau s'éloignait, la descente du soir devenait impossible, il fallait alors déménager dans le ventre de la montagne pour y passer nos nuits. Chacun aidait l'autre à monter une petite caisse de bois – quelques planches en guise de murs et de toits – qu'on déposait au plus proche du troupeau et qui faisait office de demeure... Car lorsque la nuit tendait ses voiles sur l'estive, les étroites mailles de nos capes ne suffisaient plus à contenir l'humidité qui encerclait nos peaux. On lançait un dernier sifflet pour souhaiter bonne nuit aux autres, puis on ouvrait la porte afin de faire entrer nos squelettes dans l'étroite caisse... On s'allongeait sur un tapis de paille, on humait l'odeur du bois mêlé à la nuit, puis on regardait fixement les planches de l'habitacle... La plupart du temps, les quatre parois se convertissaient en placenta de bois et de paille. D'autres fois, elles recréaient la chaleur du foyer : les murs nous protégeaient de l'obscurité, du retour des loups et de la pâte visqueuse de l'humidité. Avec un peu d'imagination, on reconstituait les délices de nos maisons, on imaginait un feu qui crépitait dans la pièce, on réussissait à transformer nos tapis de paille en d'épais matelas. Mais d'autres fois encore, ces planches se muaient en couvercle de cercueil. Une angoisse sourde qui provenait des tréfonds de nos chairs nous empêchait de fermer les yeux, de peur de ne jamais plus nous réveiller. Était-ce cela, la mort ? Un endormissement éternel entre quatre planches déposées à même une estive, au milieu des hurlements des loups et de la musique des sonnailles ? Pour tenter de trouver le sommeil, on jetait alors un œil par l'unique trou de la caisse qui faisait office de fenêtre. La vision nous ramenait à la vie : dehors, on pouvait voir la lune se répandre sur la laine de nos bêtes, serrées les unes contre les autres dans l'attente de l'aube. Au-dessus d'elles, le ciel était cloué d'étoiles. Le panache de la voie lactée traînait dans le noir. Le monde était saturé de silence, mais en son centre, on pouvait entendre bruire une présence qui nous amenait vers le sommeil, la même présence que j'avais ressentie après avoir été traversé par la foudre...

Il baissa la tête.

– Le lendemain, on se levait avec les premiers rayons, on poussait le couvercle du cercueil avec joie et on criait à nos brebis : « Mes filles, la nuit n'a pas gagné, car voici le jour ! Mes bêtes, l'obscurité ne nous a pas vaincus, car voici le soleil qui nous abreuve de ses rayons ! Victoire ! » Elles bêlaient, les sonnailles résonnaient, et on les accompagnait avec des sifflets de joie. La montagne se remplissait alors de sons ; on se saluait en clamant notre soulagement de pouvoir profiter d'une nouvelle aube sur la terre. Puis le silence revenait et on retournait à nos besognes.

Il sembla se perdre dans ses pensées, secoua la tête, reprit:
– La plupart du temps, on utilisait les sifflets à des fins pratiques. D'abord, chaque lieu et chaque berger avait un nom sifflé bien distinct. Ainsi, on commençait nos discussions par un sifflet d'appel puissant, suivi du nom sifflé du berger avec qui on voulait converser.
Il jeta sa canne et mit spontanément ses doigts à la bouche, pour tenter un sifflet. Mais il n'émit aucun son. Ses yeux pétillèrent, il serra ses lèvres, puis recommença, en vain. Gayané lui demanda de continuer.
– Elle veut que tu siffles nos noms, traduisit Hélias.
– Je ne peux pas fille, cette langue est restée bloquée au fond de ma gorge, car que devient une langue lorsqu'on est seul à la pratiquer ? Lorsqu'elle ne peut plus s'accoupler avec une autre qu'elle ? Elle meurt, pardi, elle meurt !
Gayané multiplia les gestes
– Siffle-nous comme si on était tes bergers, voilà ce qu'elle veut dire.
Gayané hocha la tête. Maniolos remit ses doigts à la bouche, gonfla son ventre, regarda en l'air en direction de la Montagne engluée de nuit, et souffla. Un son strident sortit de sa bouche. Les frissons coururent le long de l'échine de Gayané. Hélias et la Mule applaudirent, ébahis par la scène.
Le berger retenta l'expérience:

Ses yeux s'illuminèrent.

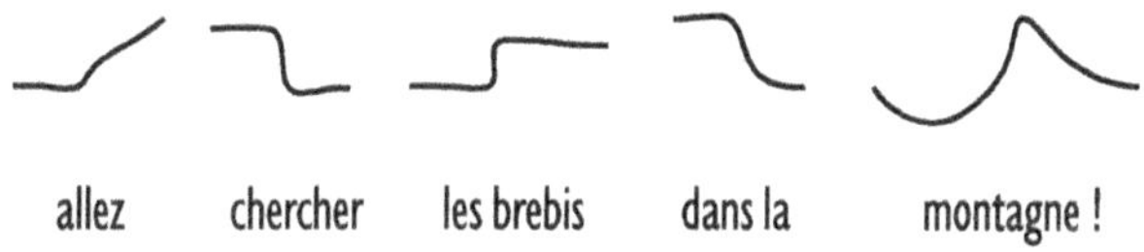

Gayané lui fit signe de continuer.

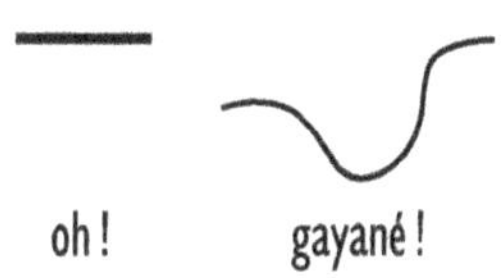

– On lançait d'abord un sifflet d'appel, suivi du nom de la personne concernée. Puis on attendait que vienne une réponse, et si elle venait, on entamait la discussion :

Gayané sourit et crut sentir quelques plumes revenir en son cou.

– On sifflait aussi pour indiquer aux autres qu'on descendait au village et qu'on pouvait leur ramener du pain, du vin et du tabac dans nos besaces. D'autres fois, on demandait aux enfants de garder les troupeaux. Nos sifflets étaient si puissants qu'on pouvait même interpeller un habitant du hameau dans sa maison. Le son traversait les murs, les appelés sortaient, formant ainsi de petits points noirs au milieu de l'Alpage qui nous répondaient en sifflant. Et lors des journées de grande brume, quand les nuages réussissaient à vaincre le soleil et à monter jusqu'à nos estives, quand les loups rôdaient autour de nos caisses, on l'employait pour nous rassurer les uns et les autres. Cela nous réconfortait de savoir qu'un ami partageait aussi notre angoisse. On disait :

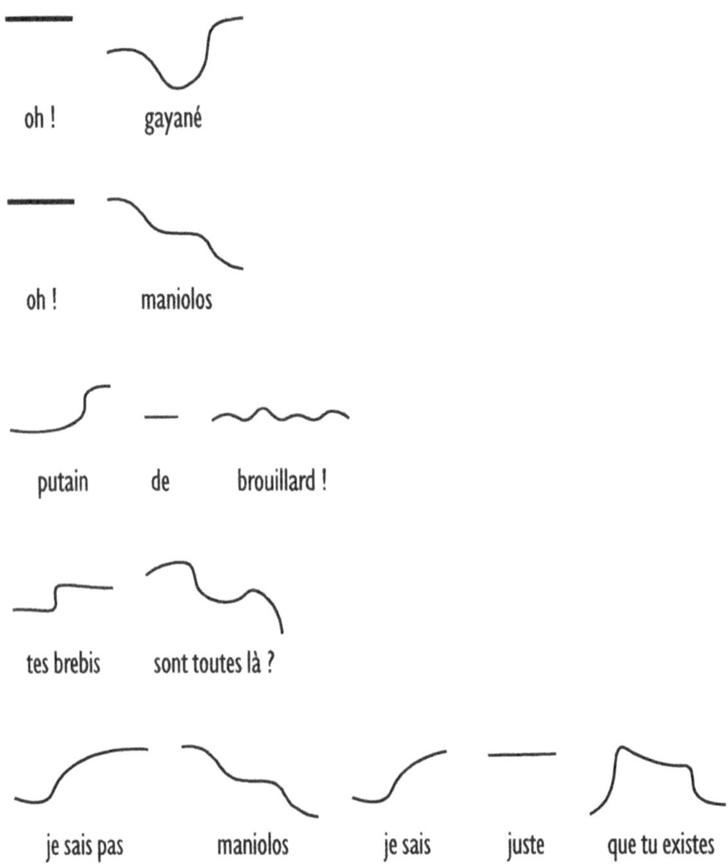

Le vieil homme semblait éprouver un plaisir enfantin à faire surgir des dialogues du passé.

– Parfois, quand les bêtes chômaient, on se donnait rendez-vous pour converser au bord du ruisseau. On abandonnait alors le sifflet pour retrouver le dialogue parlé. D'autres fois encore, on usait du sifflet juste pour rire ! On l'utilisait pour réveiller les amis qui partaient à la sieste. On attendait patiemment que l'un des nôtres s'allonge dans l'herbe et tire son chapeau sur ses yeux. Une fois qu'on était assurés de son sommeil, on sifflait :

Lorsque l'un d'entre nous donnait le signal, les autres comprenaient la blague et s'amusaient à reproduire la même phrase. Irrité, le dormeur cherchait à se venger à son tour. Ainsi, il n'était pas rare qu'on s'endorme cachés derrière le corps de nos brebis pour éviter que les autres nous voient et nous réveillent. Mais on savait aussi siffler pour ne rien dire, ou sinon notre mélancolie ou notre ravissement devant la beauté. On inventait des phrases, on faisait de la poésie, comme le premier siffleur peut-être. On aimait aussi dire notre amour et notre amitié, et il n'était pas rare que des déclarations se fassent à même l'alpage, ce qui était beau, certes, mais aussi la cause de moqueries lorsqu'on descendait de l'estive. Enfin, il nous arrivait évidemment de demander de l'aide pour des choses urgentes. Je me souviens ainsi d'une fin d'été dans les gorges de la Montagne pendant laquelle une jeune bergère lança des cris de détresse. Trois de ses bêtes étaient tombées dans un trou et il lui était impossible de les récupérer seule. Elle lança une série de sifflets, et ce fut la Montagne entière qui lui répondit. Nos phrases ricochèrent contre les parois, troublant le vol des rapaces qui ajoutaient leurs cris aux nôtres, se mettaient à tourner de plus belle, excités par les bruits mais aussi par les trois proies faciles qu'ils avaient repérées au fond du trou. Deux heures plus tard, on put la rejoindre pour l'aider à sortir les bêtes.

Son regard se tourna à nouveau vers le sol, son visage reprit le masque de la tristesse, il laissa le silence s'étendre à la suite de ses mots.

***

La nuit est désormais vide de lune. Sous la voie lactée, ce manteau étoilé de Dieu, existe un alpage, et au milieu de cet alpage, quatre humains qui essaient d'intégrer tout ce qu'un vieux pâtre vient de dire. Ce dernier siffle, les bras tendus en l'air, peuplant la montagne d'une langue à mi-chemin de celle des oiseaux et des humains. Hélias est pensif, la Mule cache son étonnement derrière une indifférence de façade. Quant à Gayané, elle se gratte trop souvent la gorge, certaine de sentir un duvet de plumes tenter de percer sa peau.

CHANT DE L'HOMME À LA FOURCHE

Cela fait deux jours que je poursuis les bandits à travers la montagne. Hier soir, j'ai dormi sous une maudite couverture, adossé à un tronc, pour éviter que mon corps se fasse engloutir par la puanteur du sol. Les limaces me coulaient sur le visage, les serpents s'enroulaient autour de mes tibias, des spectres d'animaux invisibles filaient à travers les branchages. Pendant ce temps, je les écoutais, ces traîtres, raconter leurs histoires de contrebande et de foudre, bien blottis autour de la chaleur d'un feu. J'aurais pu leur tirer dessus à bout portant. Mais je voulais savoir ce que le vieux malfaiteur voulait leur raconter. Maintenant, j'ai compris. Depuis mon rocher, je viens d'entendre sa langue détestable, celle des voleurs de chèvres et d'enfants, des crapules, des assassins, des brigands ! On pensait l'avoir enterré, ce sifflet oublié, mais voici qu'il ressurgit dans la gorge du berger. Je savais qu'il fallait se méfier de lui, car voici qu'il se venge ! Il est même sur le point de révéler tous les secrets. Alors que faire ? Tirer ? Tirer là, maintenant, dans la nuit noire ? Tirer d'abord sur la garce, celle qui vend le métal et qui sait manier les fusils ? Lui exploser le ventre, foutre le feu aux tentes, continuer à tirer sur les autres ? Mais ils s'enfuiront vite. La nuit est trop noire et je suis trop seul. Attendre plutôt, attendre encore, que le moment se présente enfin.

VIII

BIVOUAC N°2 : LES RUINES DU GRAND LAC

(seconde partie du monologue de Maniolos)

– Maniolos, qu'est-il arrivé aux siffleurs ? Es-tu le dernier d'entre eux ? demanda Hélias alors que la nuit s'étirait encore. Il était tard, l'air était froid et humide, le feu continuait à brûler, ce qui se disait autour était trop important pour aller vers le sommeil.
– Oui. Mais ils continuent à peupler vos rêves et à sommeiller au fond de vos gorges.
Gayané se figea.
– Comment ça ?
– Il y a quelque temps, on nous chassa de l'Alpage.
– Que s'est-il passé ?
– Il se passa ce qu'il arrive lorsque deux groupes humains ne se comprennent plus, lorsque les montagnes séparent les hommes, creuse les différences, les coutumes et les langues, lorsque l'autre devient une fiction ou une image qui cesse de nous surprendre.
La Mule s'impatientait.
– Souvenez-vous du premier hiver que les siffleurs passèrent à l'Alpage. La famine avait été terrible ! La chasse n'avait pas été fructueuse, les brebis trop peu pour leur passer le couteau sous la gorge, les légumes avaient vite manqué… Une partie d'entre nous renonça donc à cette vie. Ils rentrèrent au village où ils furent moqués. Ceux qui restèrent n'eurent pas d'autres

solutions que de se tourner vers le dernier lieu où trouver de l'aide, la seule échappatoire à ce huis clos montagnard : le col de la Passe.

La Mule lâcha, dans un rire nerveux :

– Tu parles du col qui descend dans le Monde ?

– Oui, je parle du col.

Il se tourna et posa son regard vers la nuit. L'excitation s'empara des jeunes. Un autre monde, une autre vie se proposait à quelques heures d'effort, juste à l'extrémité du regard de Maniolos. Il suffisait de marcher, simplement marcher, pour basculer dans le Monde, et basculer dans le Monde, ce devait être comme abolir la pesanteur, changer d'univers et de lois, passer la frontière de la conscience en direction du versant des rêves…

– Le ventre vide, un groupe de bergers décida de monter jusqu'au col et de descendre dans le Monde chercher de quoi manger. Ils revinrent quelques jours plus tard avec de la nourriture inodore, qui leur permit de traverser l'hiver. Seulement, cette nourriture n'était pas gratuite. N'ayant rien pour l'acheter, les premiers bergers s'endettèrent et promirent aux gens du monde de leur apporter dès que possible le surplus de viande, de lait et de laine de leurs bêtes. Ils se donnèrent rendez-vous au milieu de l'été, et c'est ainsi que commença le commerce avec le Monde. Les années passèrent, nos troupeaux s'agrandirent, la chasse fut abondante, la terre nous donna assez de légumes pour qu'on puisse subvenir à nos besoins. On produisit même un surplus de nourriture qu'on décida d'échanger avec les gens du Monde. Les allers-retours devinrent fréquents, on remboursa nos dettes. L'été, on montait avec du fromage, de la viande et de la laine que l'on fourrait dans les sacoches de quelques ânes et qu'on

allait échanger contre des produits comme du vin, du tabac, des fusils, et bien sûr, les boîtes de nourriture inodores qui permettraient de traverser l'hiver sans crainte.
– Et toi ? Tu as participé à ces échanges, grand-père ?
– Oui.
– Et alors ? Comment sont les gens du Monde ? Ont-ils du métal à la place des dents ?
Maniolos et la Mule éclatèrent de rire.
– Non. Ils sont comme nous, fils ! Ce sont aussi des bergers et des bergères qui travaillent la terre et élèvent leurs bêtes, bien que leurs fromages aient moins de saveur que les nôtres, et que leurs viandes soient plus molles. C'est d'ailleurs pourquoi ils raffolaient autant de la nôtre, de sa texture ferme et de sa forte odeur. Seulement, leurs villages sont traversés par de larges et plats sentiers sur lesquels circulent les produits du Monde comme le vin, le tabac ou les fusils.
La Mule se racla la gorge, gênée.
– Cela veut dire que le Monde est plus loin encore ?
– Oui ! Il est plus loin encore, mais il atteint leurs villages.
– Pourquoi les anciens disent que les gens du Monde sont dangereux ?
– Car ils n'ont jamais eu le courage de l'autre versant ! Car leurs regards et leurs cœurs ne sont jamais passés de l'autre côté. S'ils l'avaient fait, ils auraient découvert un monde dans lequel l'air est plus doux, la lumière plus crue et les montagnes moins hautes ; un monde dans lequel les murs des maisons sont plus fins, les draps plus blancs et les rideaux plus légers. Ils auraient ensuite réalisé que les gens du Monde sont comme nous et différents à la fois : leurs corps sont plus grands et plus allongés, leurs peaux un peu plus claires, leurs sourires plus étirés, leurs accents plus secs et leurs phrases

plus courtes. Quant à leurs chants, ils se rapprochent des nôtres mais viennent de la gorge plutôt que des entrailles. De l'autre côté du col, ils auraient compris que l'ailleurs est bien plus proche que ce que nous pensons, que ceux que l'on appelle étrangers nous ressemblent, qu'ils sont des voisins, des amis ou des frères avec qui nous partageons les mêmes viandes et les mêmes pensées.

– Que chez eux comme chez nous, les filles travaillent aux champs et que leurs anciens les empêchent de passer le col, de peur qu'elles nous rencontrent ! rétorqua la Mule.

Maniolos acquiesça.

– Les anciens du Monde sont les mêmes qu'ici, continua-t-elle. Ils me dévisagent sur la place du village, mais se réjouissent en secret de m'acheter du tabac pour tromper l'ennui, et des armes, pour tirer sur l'ennemi.

Gayané et Maniolos baissèrent la tête, Hélias continua :

– Mais, Maniolos, comment connais-tu aussi bien les siffleurs ?

– Grâce aux repas qu'on partageait au col en fin de saison. Lors du dernier échange de l'année, on avait pris l'habitude d'organiser une fête : les groupes – hommes, femmes, enfants – montaient de part et d'autre du col, chargé de leurs meilleurs mets. Une fois au col, on commençait les rituels : chaque collectif laissait sa nourriture du côté du versant par lequel il était monté. Il invitait alors l'autre groupe à franchir le col pour y goûter. Ainsi, on pouvait comprendre les saveurs qui habitaient leurs bouches pendant l'année. Si leurs viandes étaient moins fortes, leurs herbes étaient plus larges et plus juteuses, leurs fruits plus grands et plus sucrés. On les mastiquait le regard tourné vers leurs vallées, leurs nuages et leur lumière, afin de comprendre, là encore, sur quels paysages ils avaient l'habitude de poser les yeux. Lorsque le repas se terminait, on se mélangeait et on buvait ensemble le vin, on croisait nos voix et on mêlait nos chants. Ils étaient curieux de notre langue sifflée et nous demandaient à chaque fois de faire de longues démonstrations. Ainsi, notre langue se versait en leur langue, nos chants se mêlaient à leurs chants, nos mets s'échangeaient, et au lieu de se refermer, on s'ouvrait à la découverte de la différence. Parfois même, certains de nos jeunes s'amourachaient, et il arrivait qu'ils redescendent de l'autre côté du col un peu plus tard dans l'année, pour rejoindre celui ou celle qui avait marqué leur cœur le temps d'un repas. Enfin, nos groupes se reformaient et on retournait chacun de son côté. On se serrait les mains en se promettant sur l'honneur de se retrouver l'année prochaine à la même date, pour toujours se souvenir de ce qu'on avait en commun et éviter qu'entre nous ne croissent la haine et la bêtise.

– Maniolos, pourquoi avez-vous été chassés de l'Alpage ?

– Les villageois eurent rapidement connaissance de ce commerce. Les frontières étaient poreuses entre le village et notre alpage. Ainsi, la seconde année après notre rencontre, certains d'entre eux nous rendirent visite. À la vue des fusils et des boîtes de nourriture, les aînés comprirent qu'on commerçait avec le Monde. La plupart en profitèrent pour nous acheter discrètement nos produits, tout en condamnant ce commerce sur la place du village. Ils le disaient dangereux, à terme, pour l'équilibre de nos vallées. Et puis, à leurs yeux, on restait « les autres », des moitiés d'homme, des bâtards, à mi-chemin entre le village, les rapaces et les gens du Monde. Malheureusement, cela ne s'arrangea pas. Une année, les gens du monde vinrent nous voir à la Passe avec non seulement des fusils, du vin et du tabac, mais aussi d'autres humains. C'était des hommes et des femmes qui parlaient des langues inconnues. Ils avaient l'air épuisés, certains étaient même blessés, on nous demanda si on pouvait les cacher quelque temps. Il fallait qu'ils reprennent des forces avant de revenir dans le Monde, « une fois les choses finies », disaient-ils.

– Quelles choses ?

– On ne les questionnait jamais sur les raisons de leur fuite et de leurs blessures. On les amenait en nos demeures où on leur donnait à boire le lait au miel. On pansait leurs plaies avec des herbes, ils dormaient, reprenaient des forces, puis, une fois guéris, ils nous aidaient à effectuer nos besognes quotidiennes. Certains repartaient dans le Monde. D'autres passaient l'hiver avec nous. Ils apprirent quelques mots de nos langues et, le long de nos tables usées, on comprit qu'ils avaient participé à plusieurs luttes sanglantes.

La Mule ferma les yeux. Lui revinrent les bombes, les balles, les lames dans les chairs, les cris, les pleurs et le sang sur les chiffons rouges.

– Lorsque les gens du village comprirent qu'on hébergeait des inconnus, ils prirent peur et nous accusèrent de fomenter je ne sais quelles actions à leur encontre... Mais le pire fut leur réaction face à l'existence de notre langue sifflée. Si on prenait soin de les garder en nos gorges lorsqu'on rencontrait des étrangers, nos sifflets s'entendaient loin dans la montagne, et il n'était pas rare qu'un berger du village qui allait haut dans la Forêt les entende ricocher contre les parois. Ne connaissant pas sa fonction, le berger descendait dire les histoires que vous savez, qu'on était devenus fous, qu'on avait oublié la langue des humains, qu'on s'était mis à parler à la manière des aigles. Les rumeurs s'amplifièrent, certains allèrent jusqu'à dire qu'on volait, qu'on égorgeait les bêtes du village qui s'égaraient sur nos drailles, ou qu'on s'accouplait avec les vautours ! Et les choses se compliquèrent encore... Un jour, les aînés se réunirent, serrèrent leurs bâtons jusqu'à s'en faire craquer les os des doigts et décidèrent de monter une garde, un groupe d'hommes et de femmes chargés de monter à l'Alpage pour contrôler nos actions et rendre compte de notre commerce avec le Monde. La garde monta. Elle tenta de nous épier depuis la Forêt ou sur les promontoires rocheux qui encerclent parfois l'Alpage. Les idiots ! Ils pensaient être invisibles, mais on connaissait parfaitement leurs positions ! Par le sifflet, on avertissait les autres de leur présence, et on faisait en sorte de quitter les lieux qu'ils avaient l'impression de contrôler. Au début, c'était comme un jeu : on se moquait d'eux en sifflant. On disait :

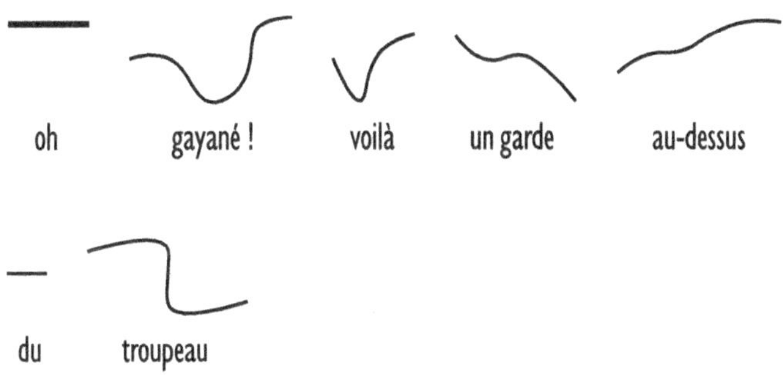

– Prévenu, le berger d'en face échappait à la surveillance. À force, les gardes comprirent vite que leur fonction à l'Alpage était inutile. Vexés, certains aggravèrent la situation. Sans l'annoncer sur la place publique, ils montèrent armés de fusils, mirent en joue nos bergers et s'amusèrent à tirer au bord des troupeaux pour effrayer les bêtes ! L'un d'entre nous riposta. Il tira un seul coup de fusil. Un seul ! Mais la balle fusa dans l'air, remonta la pente, et atteint en plein ventre l'un des gardes qui s'appelait Narcisse, si je me souviens bien.

– Bien joué ! s'exclama la Mule

– Cet épisode fut le point final de notre monde. Lorsque les aînés apprirent cette nouvelle, ils décidèrent de nous rayer de la terre. Les villageois s'armèrent de fusils et de fourches. Ils montèrent jusqu'ici pour dire : « Cette terre est à nous, partez ! » Mais ce qu'ils nous demandaient était impossible, car nous étions nos montagnes, car on ne détache pas l'arbre du sol, ni l'enfant du ventre de sa mère sans qu'il ne meure. Lorsqu'on les vit sortir de la Forêt, les babines gluantes et retroussées, les crocs aiguisés, l'esprit plein de fureur et de flammes, on eut peur. La majorité du village fuit en direction de la Passe, qu'ils franchirent cette fois-ci définitivement pour s'installer dans le Monde, et nous, les autres, on se replia dans la vallée qui mène à la Lumineuse. On se cacha sous les cailloux, à l'exception des plus belliqueux qui, eux aussi armés des fusils de chasse du hameau, se postèrent sur les banquettes de neige, les vires et les niches des parois afin de tendre une embuscade aux villageois qui osaient s'engouffrer dans la vallée. C'était une belle et terrible journée : le soleil mitraillait la terre, les vautours tournaient dans le ciel, le bruit des balles ricochait contre la pierre et se mêlait aux salves de nos sifflets de détresse.

– Et alors ? Que se passa-t-il ? demanda Hélias

– Alors le sang se mit à couler. D'abord par petits filets qui mouillèrent le grain du rocher, serpentèrent au milieu des fentes et fêlures avant de rejoindre les ruisseaux de fonte et se transformer en rivières puis en torrents de sang qui inondèrent les prairies et nos mémoires pour les siècles à venir. Le peuple des siffleurs disparut, dans l'indifférence scandaleuse du soleil et des fleurs.

Gayané se crispa

– Non ! Pas tous les siffleurs. Car toi, toi tu as survécu, Maniolos !

– Lorsque le sang arrêta de couler et que les villageois quittèrent la vallée, on abandonna nos cachettes pour nous réunir au pied de la Montagne Lumineuse. Une quinzaine d'entre nous survécurent, dont moi, Maniolos, que vous appelez « doyen des bergers », et qui avait dix-sept ans lorsque le soleil s'est éclipsé. Je m'étais caché avec ceux qui avaient préféré l'ombre des pierres à la lutte armée. On avait entendu les cris et les fusils, puis le silence, qu'on avait fait durer pendant des heures avant d'oser sortir de nos caches. On était assoiffés, affamés, sales et couverts de poussière. Nos yeux étaient rouges d'effroi et de colère. Imaginez-vous ! Pendant des années, on avait rendu grâce au ciel pour le lait, pour le miel, pour le vin, pour la neige, pour l'odeur de la viande grillée, pour la chaleur de la source, pour la laine, pour les filaments de rose et de vert dans le ciel de l'hiver, et là, on tendait désormais nos poings noirs vers Dieu et le soleil, pleins de désespoir et de colère... Pourquoi nous avait-il abandonnés ? Comment osait-il rester silencieux face à l'injustice qu'on venait de subir ? Était-ce que les forces à qui on confiait nos prières n'existaient pas ? Ou alors, qu'on se trompait sur leur nature ? Le monde, pouvait-il avoir un sens après cela ? On criait, puis on essayait d'enterrer nos questions en même temps que nos morts. Mais après les avoir recouverts de terre, nos questions revenaient, sous la forme de cercles que nos mains traçaient en lacérant la terre à l'endroit de leurs dépouilles. Ces traces, ces raclures circulaires dans la terre, ces ronds autour des morts, du vide, du trou, de l'absence, du silence, c'était autant de points d'interrogation qui disaient en chœur avec les autres humains de la terre : « Pourquoi ? Pour qui ? Pour où ? Reviendras-tu ou vais-je te rejoindre ? Es-tu désormais absence, présence, ou ombre ? » répétaient nos dessins, ou plutôt, nos questions silencieuses à la forme de labours.

Un souffle frais et humide menaça d'éteindre le feu. Mais Gayané prit soin de rajouter du bois et de raviver les braises. Tout le monde attendait que le berger reprenne.

– On retourna alors au hameau prendre des couvertures, du pain et de quoi survivre dans la montagne pendant les semaines à venir. Dans la peur que les villageois reviennent, on se cacha tantôt dans la montagne, tantôt dans la Forêt où l'on vécut comme des bêtes pendant plus d'une lune. Parfois, l'un d'entre nous se postait sur une colline pour voir si les villageois traversaient encore l'Alpage. Mais aucun d'entre eux n'alla au milieu des herbes. Ils semblaient avoir déserté l'endroit, le lieu d'une communauté qu'ils ne supportaient pas et d'un crime qu'ils n'assumeraient jamais. Lorsque le soleil déclina dans le ciel et que la neige revint menacer les extrémités de nos corps, les questions éludées devinrent pressantes : fallait-il passer l'hiver à l'Alpage où planait encore l'ombre du désastre ? Fallait-il faire comme les autres, passer le col et nous diluer dans le monde ? Fallait-il redescendre au village au risque de croiser à nouveau les regards de nos bourreaux ? Une rencontre nous aida. Aux portes de l'hiver, on entendit des voix, haut dans la Forêt où on s'était réfugiés pour éviter le vent et les murs malheureux de nos maisons. On se cacha dans les brumes pour nous soustraire à leurs regards, mais ils nous rattrapèrent par la voix. C'était là deux chasseurs. Parmi eux, l'une des nôtres reconnut son frère aîné. Il s'indigna de notre situation et dit : « Siffleurs, amis de l'Alpage, ne passez pas l'hiver dans la Forêt, vous serez mangés par le froid, la tristesse, et les bêtes. Descendez plutôt en nos demeures où il fait chaud, dormir sous des toits et des couvertures. En bas, le temps a coulé. Les crimes ont été condamnés. Certains coupables ont dû quitter le village et les autres se taisent, par honte de ce qu'ils vous ont fait. Je vous donne ma parole, vous serez en paix chez nous. Si vous voulez, nous vous accueillerons en nos granges, vous travaillerez aux champs cet été, et vous serez à nouveau des nôtres. » Notre faim était telle qu'on préféra descendre manger au village plutôt que de mourir dans la Forêt ou reprendre la route du col. Et puis, en bas, certains avaient encore des frères, des oncles ou des cousins qui pouvaient les accueillir. On fit confiance au chasseur. Le lendemain, on s'installa dans sa grange.

Le cœur de Gayané se mit à pulser, son sang se réchauffa, elle sentit revenir les vagues du passé remuer sa chair.

– Comment se passa le retour au village ?

– Après avoir repris des forces, densifié nos muscles, réajusté nos esprits, on retourna dans les champs au début de l'été, le regard baissé vers le sol, pour se faire le plus discret possible. Le chasseur avait raison. Les villageois n'étaient plus violents. Seulement, eux aussi baissaient le regard lorsqu'ils nous croisaient dans les champs ou sur la place du village, signifiant peut-être leur honte, comme le sous-entendait le chasseur, leur mépris ou bien leur désaccord quant à notre retour. Chacun se força à oublier les événements : eux, pour éviter la culpabilité, et nous, pour réintégrer la vie du village. Ainsi, le silence devint norme. On étouffa nos larmes en nos mémoires, on prit soin de retenir les sifflets en nos gorges, car ces sons qui faisaient la grandeur de notre peuple devinrent le signe, le vestige, la réminiscence du massacre. Plus aucun sifflet ne fut émis, cette histoire devint taboue et l'Alpage maudit.

Il marqua une pause avant de reprendre :

– Mais rien ne s'oublie et rien ne se nie ! Rien ne s'enterre et rien ne se perd ! Si on ne soigne pas les plaies, elles gonflent en silence, si on retient les larmes, elles finissent par former un puits, si on étouffe les cris, ils ressortent sous la forme de flammes de dragon ! Si on ne reconnaît pas les morts, ils reviennent hurler dans les rêves ! Enfin, si on empêche une langue de se dire, on coupe la parole à nos enfants ! Alors malheur, malheur à ceux qui nient !

Des plumes piquèrent la gorge de Gayané, Maniolos la foudroyait du regard.

– Pendant ce temps, nous, les anciens siffleurs, on se maria et on eut des enfants avec les gens du village. Seulement… puisque rien ne se retient sans conséquences, certains enfants de ces unions naquirent avec une bouche et des lèvres, mais sans langue ni voix pour dire le monde.

Hélias et la Mule baissèrent la tête. Maniolos laissa les flammes crépiter.

– Mes enfants, lorsque je vous ai vus droits et fiers sur la place du village, j'ai immédiatement eu l'envie de me joindre à vous. Gayané, lorsque j'ai entendu ton rêve dans la voix d'Hélias, j'ai tout de suite reconnu le visage des êtres avec qui j'ai partagé le début de ma vie. Lorsque j'ai vu les mains des anciens se crisper sur les fourches, j'ai reconnu la haine qui nous avait égorgés, des années plus tôt. Lorsque j'ai revu les bâtons se brandir, je me suis dit qu'il fallait que cela cesse. Je me suis dit qu'il fallait briser la malédiction qui touchait notre village, délier les langues, faire éclater la vérité en plein jour, la dire ici, à même le théâtre de nos drames passés, dire toute la vérité sur notre petit village !

Il se redressa, bien campé sur ses jambes au-dessus du feu qui éclairait son buste. Ses muscles se densifièrent. Son corps s'allongea. Il frappa son bâton contre le sol, des flammèches sortirent de son bout. Il siffla :

gayané !

Elle sentit une décharge électrique remonter le long de sa colonne
– Gayané ! Tu n'es pas celle que tu crois être !
Il frappa son bâton sur le sol, la vibration modifia les cellules de la fille.
– Gayané, fille d'une mère aux yeux tristes et à la chevelure cachée sous un châle couleur charbon, tu as la gorge qui brûle de sifflets ! Gayané, ton mutisme n'est que le signe de notre retenue et la conséquence de l'oubli ! Gayané, ta mère est fille de siffleurs !
Il frappa encore le sol de son bâton, l'onde résonna loin dans le manteau terrestre, se diffusa dans les nappes phréatiques, réveilla les fossiles, puis disparut dans le magma.

– Gayané ! Ce rêve qui est venu se mêler à tes cheveux est un rêve descendu des montagnes ! Ce sont les invitations de nos ancêtres qui sont venus te demander de monter à l'Alpage, afin que tu retrouves ton langage, afin que tu les venges !
Maniolos était droit et puissant. Sa boucle d'or scintillait, ses cheveux tombaient sur ses deux yeux pleins de braises. Les rides de son visage s'estompèrent, ses creux se remplirent, sa barbe redevint noire. Il frappa le sol de son bâton, des fleurs blanches, jaunes et violettes, des edelweiss, capitules et rhododendrons crevèrent la terre, des racines de bruyère rampèrent au sol.
– Gayané ! Relève la tête, fille de feu !
Il mit ses doigts à la bouche :

gayané !

– Délie ta langue et tu délieras les autres !
Elle sentit des plumes lui piquer le cou.
– Gayané, fille des siffleurs, rétablis la vérité !
Gayané esquissa quelques gestes. Maniolos lui répondit avec un regard vague, comme s'il cherchait à se souvenir :
– Comment ? Demain. Demain nous irons ensemble à la Montagne Lumineuse… on marchera dans la vallée étroite… jusqu'au dernier buisson… arrivés à son niveau, on se séparera.
Hélias fit la moue. Il voulut protester mais Maniolos continua :
– Tu prendras à gauche, nous irons à droite. Tu monteras droit vers la falaise, en suivant les pyramides de pierres disposées

sur le chemin. Elles te conduiront jusqu'à un sentier escarpé, taillé dans la roche, que tu escaladeras sans crainte.
Gayané hocha la tête.
– Alors, tes pas te conduiront à un nid dans la paroi. Là-bas, tu regarderas d'abord vers le fond de l'alcôve, puis lorsque tu le sentiras, tu te retourneras et dirigeras ton regard vers la danse des vautours. L'attente sera longue, la nuit effrayante. Mais je te soutiendrai avec mes sifflets depuis l'autre versant. Dès que tu te sentiras sombrer dans le sommeil, je te réveillerai, afin que tu navigues entre la réalité et le rêve, sans peurs, le regard tendu vers l'aube.

Elle approuva encore, droite et fière
Maniolos se tut
Son corps se tassa, sa barbe redevint grise
Ses rides et ses creux réapparurent
À ses pieds

Les fleurs séchèrent.

NUIT

CHANT DES ANCÊTRES

La voici revenue, la fille tant attendue !

Elle dort près du feu, aux côtés du doyen au grand sceptre
et aux cheveux de bruyère

La voici revenue, la fille tant attendue !

Celle dont les cordes vocales délieront notre mémoire
Et dont la gorge deviendra le creuset de nos existences
Sans elle, nous continuerons à errer au milieu des pierres
Mais voici que sa vie nous fait une place en ce monde

Certes, nous pesons lourd sur ses épaules
Certes, nous lui dévorerons les entrailles

Mais comment faire autrement ?

Nous n'avons nulle sépulture, nul mémorial
Nulle trace écrite qui rappelle nos vies
Nulle autre manière de continuer à vivre
Que de hanter le fond des gorges de nos enfants

Elle seule pourra enfin nous permettre de mourir une
seconde fois
Sa voix sera la preuve de notre existence
Son corps notre caveau
Sa vie, notre instrument
La lame aiguisée de notre vengeance

[Ils ricanent puis se tournent vers l'Alpage]

Oh ! Alors que nous chantons
Quelqu'un s'éveille au milieu du troupeau
C'est la femme au fusil
Qui prend l'ânesse au licol, s'écarte du feu
Puis s'en va vers le col, droit dans l'Alpage
Vérifiant aux virages
Ce que contiennent ses bagages…

NUIT

IX

LES TROIS ÉTAPES D'UNE ASCENSION : HAUTE-MONTAGNE

(nous sommes des êtres tractés par les cieux)

Lors des précédents mouvements de cette histoire, nous avons émergé des brumes, nous nous sommes extraits des lianes, avons évité de nous confondre avec les êtres de la Forêt. À l'Alpage, nous avons décollé la glaise de nos chaussures pour arriver dans le confort des pelouses, là où la géométrie harmonieuse des lacs et des lignes nous a appris le plaisir de la mesure.

Mais nous avons continué. Nos pas se sont succédé, notre effort s'est étendu, les cieux se sont dépliés, et nous voici à la dernière porte du royaume, en un désert où la roche nue fait violemment l'amour avec le ciel, en un lieu où ne subsistent que la pente, le vent et les rayons du soleil qui ricochent sur la pierre. Nos muscles se sont durcis, nos peaux se sont foncées, nos désirs précisés et nos pensées aiguisées. Nous avons de la poussière dans les cheveux, nos sueurs se sont évaporées, nos gestes sont devenus exacts, nous sommes devenus, à un détour de sentier, des *êtres de désert*, conçus par le silence, sculptés par l'altitude.

Les coins de nos yeux se sont plissés, nos regards se sont éclaircis. Désormais, nous voyons loin mais ne regardons jamais en bas, car en bas est l'empire des masques et des miroirs, la contrée des reflets et des illusions. En bas est le lieu où les êtres se mélangent, où les choses s'agglomèrent, où les esprits hésitent et les pensées s'agitent, empruntant des chemins qui mènent partout vers le nulle part.

Or, nous avons été à l'école de la pente ! Elle a marqué de son sceau nos chairs et nos consciences. Elle a détaillé nos âmes, affermi nos muscles, raboté nos pensées, supprimé nos illusions. Elle a taillé à la serpe nos volontés afin d'en préciser les contours. Elle a passé nos intériorités au tamis de l'effort. Elle a rassemblé nos désirs en une seule aspiration : aller plus haut. Ainsi, à l'image de la montagne que nous gravissons, nous sommes raides et intransigeants. Nous ne supportons ni les limaces, ni les ombres, ni les lacets, ni les approximations, nous sommes minéraux, glaives de chair, nous avons la pureté des arêtes, nous allons dans le monde avec l'essence de la flèche.

En nous, le désert a tout brûlé. Les veaux d'or, les faux désirs, les doutes, les enluminures, les scories et les échardes ; tout a été emporté par le silence. Nous sommes devenus des vides. Nous sommes devenus des riens, des néants qui grimpent. Mais notre cœur n'est pas aussi sec que l'air que nous respirons ! Au contraire, le désert l'a dilaté, et s'engouffre en lui un immense et très rude amour. Vidés de nos encombrements, nous nous sommes éclipsés à nous-même, afin de devenir de pures ouvertures vers l'Autre.

Cependant, nous n'avons pas la quiétude des sables ! Car rien ne nous laisse tranquille ! En vérité, nous sommes hissés par une puissance vertigineuse ! Nous sommes des vides en mouvement, des espaces vacants tractés vers le haut, des cavalcades célestes, des bras tendus, des points d'interrogation clignotant dans le vide, allant vers les sommets en direction de Dieu, qui, là-haut, consiste en une resplendissante absence.

***

Lorsqu'ils se levèrent ce matin, les braises fumaient encore. Autour d'elles, Maniolos dormait, emmitouflé dans son épaisse toile qui le protégeait de la rosée. Gayané et Hélias firent deux pas vers lui, puis découvrirent avec surprise l'ouverture de la tente de la Mule qui claquait dans le vent. L'habitacle était vide, Bomberas absente.
« Maniolos, Maniolos, la Mule est partie ! » cria Hélias.
Le berger grommela, leva un bras puis l'autre, étira ses jambes raides et endolories par la marche de la veille. Après de multiples efforts pendant lesquels ses os craquaient, grinçaient, crissaient, il réussit à s'asseoir face au foyer. Là, il posa ses deux énormes poings sur ses yeux pleins de nuit qu'il frotta longtemps avant de les ouvrir sur les braises qui se consumaient au milieu des ruines. Il sentait la sueur d'âne et le bois brûlé. Ses muscles lui faisaient mal, ses tendons le suppliaient de se recoucher, ses tempes souffraient des litres de vin consommés la veille. Il fixa les braises avec lassitude : pourquoi tant de poussière ? Pourquoi tant de fatigue ? Pourquoi tant de mal ? Pourquoi son corps, ce vieil âne, ne lui permettait plus de se reposer la nuit ? Pourquoi continuer à gravir les alpages ainsi ? Pourquoi continuer à traîner sa carcasse dans un monde en ruine ? Pourquoi ne pas rester là toute la journée, toute la semaine, puis toute la vie, et dormir, dormir au milieu des herbes en éloignant les hommes et les femmes qui viendraient perturber son repos ? Il poussa

un râle de bête blessée. Non. Il fallait continuer. Il fallait se lever, frapper encore le monde de ses pieds et imprimer les cœurs de ses paroles. Il fallait se lever et regarder droit vers les hauteurs. Et si ses muscles n'avaient plus d'énergie, alors il ferait appel à celle de la montagne, et si la force ne pouvait plus venir de lui-même, alors il ferait en sorte qu'elle vienne du dehors, des pentes cosmiques qui lui procureraient ce qu'il faut de puissance pour continuer à vivre. Il fallait se lever pour accomplir son devoir, conduire la petite vers son futur, rétablir la vérité, être fidèle aux ancêtres, se faire passeur de mémoires. Alors, que la fatigue disparaisse ! Au diable, la fatigue ! Car rien n'est la fatigue à côté de son destin. Elle n'est qu'une poussière qui disparaît dans le vent, un résidu en marge de nos volontés.

« Maniolos, Maniolos, la Mule est partie ! » répéta Hélias dans son dos. Le pâtre se tourna, posa ses yeux fatigués vers la tente vide et grommela que la Mule devait avoir ses raisons, que la vie était déjà assez exigeante pour qu'on s'épuise à se mêler des affaires des autres. Hélias protesta, Maniolos pointa le doigt vers la tente : « Regardez, elle a laissé un cadeau », dit-il en désignant son fusil à lunette qu'elle avait pris soin de déposer à l'entrée. Ils se rapprochèrent de l'arme. Un bout de papier semblait avoir été plié et fourré à la hâte dans le canon. Hélias le sortit et lut les deux mots qui étaient inscrits sur la feuille : « pour Gayané ». Maniolos haussa les épaules. Il dit que tout était dans l'ordre, que Gayané devait se rendre à la Lumineuse avec le fusil, qu'ils partiraient dans l'heure, mais qu'avant, il devait se baigner seul dans le lac afin de détendre sa carcasse.

Là-bas, il jeta de l'eau sur son visage pour chasser l'odeur de feu et de sueur, puis demanda à la montagne de lui donner la force qu'il lui manquait. Ensuite, nos trois compagnons reprirent la route en silence, laissant les tentes au campement, emportant simplement en leurs sacs les provisions et affaires nécessaires pour la nuit à venir.

Ils marchèrent pendant trois heures avant d'atteindre l'entrée de la vallée étroite dans laquelle Gayané s'engouffra en tête, tout auréolée de soleil. À l'entrée du canyon, elle sentit immédiatement une variation de monde : en se relevant, les parois étouffèrent les bruits. Elles ne laissèrent que le grondement du torrent et quelques cris de vautours et d'aigles qui tournoyaient dans le ciel. Ce n'était plus une montagne dans laquelle elle allait, c'était un sanctuaire immense, un temple de pierres séchées, une gueule sacrée qui s'ouvrait et se refermait sur ses fidèles. Enfin, à un détour de sentier, les gorges s'ouvrirent sur la Montagne Lumineuse, un amas de lumière qui irradiait à l'horizon. Ses pentes réverbéraient le soleil si fort que les contours de la montagne semblaient vibrer et la neige onduler, glisser, déborder en coulées roses, jaunes, mauves, rouges, oranges, ou aussi blanches que le lait. Gayané progressait dans le décor de son rêve. Elle pouvait désormais toucher les parois de ses mains et voir de ses yeux les pentes harmonieuses qu'elle avait contemplées dans la nuit quelques jours auparavant. Elle commençait à comprendre qu'elle venait de là, que tous venaient de là, de ce ventre gigantesque duquel jaillissaient des sorbets de neige jaunes, bleus et violets. Des voix lui parvinrent. Elle se retourna et vit au loin la silhouette trapue de Maniolos avancer dans le pierrier, suivi par Hélias qui se demandait jusqu'où ils iraient ainsi dans la montagne.

« Gayané, cria Maniolos, Gayané, arrête-toi ! » La voix résonna, les vautours tournèrent leurs têtes vers trois humains qui avançaient en contrebas. La jeune femme attendit ses compagnons, fatigués par le soleil. « On va manger là », dit le berger, une fois parvenu à son niveau. Il s'assit sur une pierre, sortit du pain, du fromage, et un bout de lard qu'il distribua en vitesse. « On va pas traîner, ce soleil est trop dangereux. » En mastiquant, il s'expliqua : « La Montagne Lumineuse multiplie les rayonnements. Si nous restons ici trop longtemps, c'est nous qui allons nous transformer en lardons. »
– Maniolos, c'est quoi la Montagne Lumineuse ? demanda Hélias.
– C'est une montagne
– Mais encore ?
– C'est notre second soleil
– Mais encore ?
– C'est une soignante silencieuse
– Mais encore ?
– C'est une éclaboussure de neige et de rocher
– Continue
– C'est un rêve suspendu
– Quoi ?
– C'est une apparition
– Quoi ?
– Une révélation
– Quoi ?
– Une manifestation
– Est-elle Dieu ?
– L'un de ses reflets
– Qu'est-elle encore ?

– Une vache
– C'est-à-dire ?
– Une vache nourricière, la mère de toutes nos brebis
– Continue
– Elle est ce qui nous prodigue la lumière, l'herbe, le lait, la viande et le miel
– Développe
– De son ventre sort la vie, de ses hanches coule l'eau, une eau qui est pour nous de l'or. Par des logiques qui nous échappent, elle inonde les pâtures puis se transforme en muscles, en graisse et en sucre
– Peut-on vivre sans elle ?
– Vivre tu pourras. Mais tu mangeras des racines et de la terre en luttant avec tes frères
– Mais encore ?
– Vivre tu pourras, mais ton ciel sera obscurci par son absence
– Mais encore ?
– Vivre tu pourras, mais les rêves ne descendront plus des montagnes
– Continue
– Vivre tout pourras, mais dans ton monde manquera sa beauté
– Est-ce un problème ?
– Sa beauté est ce qui nous rétablit dans l'existence
– C'est donc un problème. Peut-on aller dessus ?
– Oui, si elle te laisse passer. Mais que jamais tes pieds n'obstruent sa source et que ton verbe toujours la chante
– Maniolos, le soleil est haut désormais. Nous avons chaud. Que faire ?

Ils finirent de manger, le berger se leva, donna à Gayané deux gourdes d'eau, quelques pulls épais et une boîte d'allumettes : « Gayané, fille de siffleurs, regarde ! » Elle se tourna, vit un buisson robuste qu'elle n'avait pas remarqué. « Gayané, fille de siffleurs, ici nos chemins se séparent. Nous irons à droite, tu iras à gauche. Sur ce versant est l'alcôve où tu passeras tes nuits. Tu attendras que la montagne parle et lorsqu'elle parlera, je viendrai te chercher. » Hélias voulut protester mais Gayané lui fit signe de se taire. Elle hocha la tête, tourna le dos, monta droit dans la pente.

***

Désormais, Gayané va seule au milieu du désert. Ce matin, le soleil l'a désignée comme sa fille et il la couronne de sa lumière. Gayané, cette enfant à l'allure de reine, va au milieu des pierres, gravit les marches de sa vie, se hisse vers son destin, le fusil de la Mule en bandoulière et tous les ancêtres serrés contre son cœur. Elle regarde la montagne et la montagne la regarde, elle l'enveloppe, la protège et la guide. Autour d'elle, le monde s'est encore relevé d'un cran. Elle doit maintenant courir, grimper, escalader une roche sèche et rugueuse qui écorche sa peau. Pour éviter de se perdre, elle suit mécaniquement les petits tas de pierres sur sa route, signes rassurants du passage des hommes en cet endroit mort. Elle agrippe les rochers, se blesse les doigts en les glissant dans les fentes, pousse sur ses cuisses lorsqu'il faut passer un ressaut. Gayané monte et le soleil descend, sa lumière fait désormais ressortir les creux des parois et révèle la profondeur des crevasses, ces gorges bleues que l'on distingue sur la Montagne Lumineuse. En montant, elle s'érafle les cuisses, les avant-bras et les mains, mais la friction de sa chair contre le rocher lui fait un bien secret, un soulagement inavouable qui lui évite de penser aux autres douleurs, celles réveillées la veille par les paroles du doyen des bergers.

Maintenant, la révélation de Maniolos prend toute la place. C'était donc cela, ce morceau de plomb fondu qui bloquait ses amygdales depuis sa naissance ? Le secret d'un massacre étouffé par les hommes, le souvenir d'une chasse, la cicatrice d'une langue enterrée dans les gorges, une impossibilité de dire ? La nature n'était donc pas responsable de ce handicap, c'étaient plutôt les hommes, les anciens qui, par honte et lâcheté, n'avaient pas osé mettre des mots, s'excuser, reconnaître sur la place du village leur bêtise passée. C'étaient aussi eux, les derniers siffleurs, qui continuaient à se couvrir la tête de voiles en regardant le sol, pleins de honte et de crainte, eux qui existaient uniquement par l'intermédiaire du silence ou de la plainte.
Gayané rage et grimpe de plus belle, elle frotte encore sa chair contre la pierre, se laisse piquer par les épines des buissons pour oublier les questions, mais en vain, car elle ne peut plus les éviter, car il va falloir les dire, les transformer en mots, les formuler dans trois jours sur la place du village, au milieu des brumes et du soleil. Mais comment dire ? Là, tout de suite, au milieu de la pente, rien ne vient encore, pourtant elle sent des bourgeons qui déjà germent en sa gorge. Elle arrache une pierre, la jette dans le vide, crache sur la paroi, essuie sa bouche pleine de bourgeons et du sang de ses lèvres gercées, jette encore des pierres en imaginant qu'elles atteignent le front de ceux du village, eux qui, en bas bien bas dans les brumes, demeurent englués dans la boue de leurs

mesquineries. Au-dessus d'elle, les ancêtres se sont engouffrés dans des corps de vautours : « *Va-t-elle réussir ? Va-t-elle avoir la force d'affronter la vérité ? Va-t-elle accepter d'utiliser son corps comme le caveau de nos mémoires ? Les fleurs vont-elles éclore et sortir de sa gorge ? Va-t-elle nous venger ?* »

Gayané essaye de crier, mais rien ne vient sinon de la bave et quelques pétales de gentianes nouvelles, de centaurées et d'ancolies qu'elle essuie d'un revers de main puis étale sur le rocher encore chaud. Les cairns se font plus petits, le ciel est profond, presque aussi profond que les abysses du Grand Lac. La vérité, se dit-elle, éclatera sous la forme d'un bouquet de fleurs et de sang qu'elle versera sur la place du village. Elle se dit ça, et les vautours se rapprochent, et les ancêtres jubilent : « *Oui, continue, fille, venge-toi, venge-nous, tu es notre reine, celle qui accepte de nous délivrer.* » Elle passe une dernière pyramide de pierre puis débouche sur un replat : à sa gauche, un creux dans la paroi forme un abri sommaire. Au sol, quelques os de vautours et brebis sont éparpillés au milieu de branchages et de longues plumes brunes. Elle avance, dépose à terre son sac et le fusil de la Mule, s'accroupit au milieu des plumes, se retourne vers l'entrée de la grotte qui fait comme une terrasse bordée par un muret de pierre la protégeant du vide, de la montagne et du ciel. Au-delà du muret, le soleil vient de se coucher laissant derrière lui une traînée de rubans colorés ; à gauche, le glacier de la Montagne Lumineuse soupire sous une épaisse couleur de cendre bleue ; enfin, en contrebas, le Grand Lac fait une tâche au milieu des pâtures. Les vautours rentrent en leurs niches, le vent est nul, les premières étoiles commencent à éclairer le ciel.

Elle enfile les vêtements que Maniolos lui a laissés, se roule en boule au fond de l'alcôve, soupire du même souffle que celui du glacier, puis s'endort aussitôt. Au loin, quelques sifflets ricochent contre les parois. L'écho rampe le long de la glace, franchit les cimes et les cols de la Lumineuse, puis s'évapore dans le ciel.

X

BIVOUAC N°3 : LA MONTAGNE LUMINEUSE

(les métamorphoses du vide)

Gayané se réveille subitement, le corps ruisselant de lune. Autour d'elle, les rayons lunaires éclaboussent la pierre. Elle rampe hors de l'alcôve, se rapproche du muret et devine la Montagne Lumineuse ronfler en contrebas sous son linceul de glace. Quelques étoiles résistent à la lumière, les parois sont blanches, la montagne vibre, elle est si présente qu'elle semble vouloir exprimer une parole qui reste suspendue dans le vide. Lorsque la montagne se tait, est-ce aux humains de la dire ? Sommes-nous les scribes de la terre ? Des chairs chargées de traduire les éléments ? Sommes-nous des révélateurs de sens, des passeurs, des médiateurs, des porte-mondes, porte-paroles de ce qui cherche à s'exprimer dans la clarté d'une pleine lune ? Mais la montagne ne se donne pas ainsi. Elle ne peut parler au milieu du vacarme. Elle ne murmure qu'à celui qui sait se taire, abandonner ses prétentions, accepter l'ennui, vider son cœur, supporter le froid. Alors, et seulement alors, la vieille puissance païenne peut surgir à nouveau et la montagne devient totem, léviathan, dragon, ogresse ou titan, dieu-colère ou déesse nourricière aux larges hanches bleutées qui inondent les prairies.

Gayané rampe vers le vide, pour voir de plus près la montagne enlunée, mais le froid l'assaille aussitôt. Il vient droit de la gueule de la Lumineuse et cherche à geler le sang et coller les paupières des yeux qui cherchent à la contempler. Elle frissonne, puis se met à trembler. Le baiser du glacier a pris possession de sa chair et les vêtements de Maniolos ne suffisent plus à supporter la nuit. Vite, faire un feu, mener la lutte contre le froid avec des flammes. Elle se frictionne les côtes, les seins, les hanches, frappe ses jambes, se lève et part dans la montagne arracher le buisson le plus proche. Elle revient en courant dans sa grotte, éclate les brindilles avec ses pieds, les tasse entre quelques pierres disposées en cercle, ajoute le branchage, les plumes, puis les os de vautours en guise de bûches. En vitesse, elle sort les allumettes que Maniolos lui a laissées, craque la pointe et dépose avec soin la minuscule flammèche au milieu des brindilles. La flammèche devient flamme et la flamme feu, elle se répand rapidement parmi les petites branches, vient lécher les plus grosses, fait disparaître instantanément les plumes avant de s'attaquer avec rage aux os, les libérant ainsi de leurs mémoires. La chaleur emplit la pièce, chauffe le sang de Gayané, irrigue ses veines, ses muscles, ses organes, alourdit ses paupières. Que serions-nous sans le feu qui nous ramène à la vie ?

Une larme coule de sa joue, Gayané transpire de soulagement. Sa tête penche, elle somnole, baille, la voici couverte de plumes, elle sent ses arcades se durcir, ses pupilles s'allonger, sa vision s'amplifier. Ses mains deviennent rémiges, ses ongles durcissent jusqu'à devenir griffes et avillons. Elle serre les branches de bois, les fait craquer de colère, elle pourrait les briser en un instant. Elle n'est plus auprès d'un feu, elle est dans une autre niche, un autre nid, elle est seule et sent le vent gelé glisser contre son duvet et ses plumes; cela fait un froissement léger, son cœur se serre, ses muscles se contractent pour éviter que l'haleine gelée de la Montagne prenne possession de ses organes. Elle souffre, et cette douleur se convertit en haine. Demain, à la curée, elle plantera son bec et ses griffes dans la chair morte avec une violence proportionnelle à la douleur ressentie cette nuit. Demain, elle coupera les muscles, sectionnera les tendons, cassera les os, plantera son cou dans les carcasses pour réchauffer sa tête. Demain, si elle le peut, elle tuera, pour se venger du froid.

« Arrière, vautours, crie-t-elle au fond d'elle en se réveillant dans son corps d'humaine. Arrière ! » Le feu s'est transformé en braises, alors elle se lève, va chercher les brindilles les branches et les os et ravive le brasier. La nuit s'estompe, les flammes reviennent, le ciel s'éclaire, et c'est Gayané tout entière qui s'éclaire, car voici l'aube bientôt pleine de roses, de rouges, d'orange et de bleus, l'aube et ses filaments qui vont dans les yeux de nos enfants, l'aube et sa promesse d'une nouvelle journée sur la terre. Les flammes reviennent et le ciel s'éclaire et c'est Gayané tout entière qui s'éclaire. Une bourrasque de beauté la renverse et la bouleverse en arrière. Pourquoi n'ai-je jamais vu la montagne ainsi ? se demande-t-elle. Comment ai-je pu vivre dans l'ignorance de cette beauté ? Comment redescendre ? Pourquoi redescendre après avoir goûté le miel de cette aurore ? Le soleil se hisse du côté de l'Alpage, il passe un bras au-dessus de l'horizon, puis un second. Il crie de rage. Il crie sa victoire. Il sourit, lance son premier rayon vers la gorge de Gayané et voici les silènes, les marguerites, les capitules, les linaigrettes qui fleurissent à nouveau au niveau de la membrane de sa gorge. Les larmes coulent, le soleil se réverbère en elles, Gayané crie, et c'est tout le vivant qui crie avec elle, c'est la terre qui s'ouvre, c'est la victoire du plein sur le vide, de la vitalité sur la mort, c'est l'enfance qui vainc, l'amour qui gagne, la beauté qui remporte enfin la partie contre la cruauté et la pâte visqueuse de nos médisances. La gorge de Gayané se dénoue, et notre histoire se dénoue avec elle. Gayané crie, et c'est nous qui crions. Car sa parole afflue enfin, car les fleurs sortent de sa gorge en bouquets, car les pensées, les centaurées, les androsaces, les benoîtes, les primevères et les œillets tapissent le sol, car les ancêtres, engoncés dans leurs corps de vautours frémissent et jouissent car la petite a gagné, car son corps est en train de convertir leurs souffrances en lumière, car elle a la puissance des grandes, car elle redescendra en bas les venger.

Un sifflet de Maniolos transperce l'air. Elle se redresse, regarde en sa direction mais ne voit rien d'autre que des cailloux et des broussailles.

Elle veut répondre par sa voix, mais cette dernière peine à dépasser le muret de la terrasse. C'est un filet de son trop faible, c'est un oisillon de parole.

Sous elle, la Montagne Lumineuse se réveille, s'étire, fait craquer sa glace et accouche d'un maigre filet d'eau qui deviendra ruisseau, rivière, puis torrent. Le soleil désormais tout puissant étend sa course dans le ciel, bien décidé à atteindre son zénith. Ses rayons frappent à nouveau le rocher, l'air se densifie et très vite se condense en colonnes d'air chaud dont raffolent les vautours et les aigles. Depuis leurs nids, ils chassent les glaçons de leur plumage, étendent leurs ailes qu'ils font battre fort, lancent de grands cris de haine envers la création, dans le désir de vouloir se venger auprès des autres mammifères du froid éprouvé cette nuit. Les premiers basculent de la falaise grâce à un bond imperceptible, sacrifient le restant de leur énergie dans de puissantes extensions, vont en vol battu dans le vide en direction des courants ascendants qui leur permettront de prendre de la hauteur. En l'air, leurs voilures se déploient, rectangulaires ou effilées, immaculées ou déchirées comme les étendards de navires à la dérive. Leurs poitrails se révèlent fauves ou orange, blancs, gris ou noirs, souvent prolongés par des cous longs et souples ornés parfois de collerettes. Certains se distinguent par d'impressionnantes rémiges, d'autres par des becs jaunes et acérés, d'autres encore par la densité de leurs corps, la rousseur de leur plumage, ou leurs masques de guerre – deux traits noirs peints juste au-dessus de leurs yeux.

L'un d'entre eux longe la paroi avant de sentir un tube d'air chaud le hisser vers le haut. Dans son ascension, il croise le regard d'une fille humaine, recroquevillée autour des restes d'un feu. Est-ce elle qui est venue envahir son plumage avant l'aube ? Est-ce elle qui s'est mélangée à sa chair pour lui apporter un peu de sa chaleur au sortir de la nuit ? Il s'approche, les humains ont des yeux profonds et tendres, ils regardent au-delà de la matière et ont le loisir de contempler les aurores sans chercher à se nourrir. Mais sans griffes, ni plumes, ni ailes, ils ne savent fuir, tuer vite ou résister longtemps au froid. À la vue du vautour, Gayané fait un bond en arrière, puis plonge son regard dans le sien :

GAYANÉ : Les vautours ont des yeux secs et froids, leur regard est efficace, le monde doit être pour eux un agencement de chairs. Un tel regard ne peut éprouver la beauté des aurores, ni connaître toutes les variations de la lumière.

VAUTOUR : Nous connaissons la lumière, petite. Nous la voyons arriver sur la terre avant toi, et savons l'instant précis où elle disparaîtra. Nous savons qu'elle n'est pas blanche mais composée d'une multitude de tons que tu résumes sous les simples mots de « jaune », « orange », « bleu ». Notre vision explose les bords de tes mots. En vérité tes jaunes sont ambrés, dorés, paillés, sableux ou mielleux et tes bleus purs, azurés, marine, acier, nuit, minéraux, saphir et outremer. Ta lumière, tu la penses inodore et transparente alors que c'est une matière, une pâte chaude et solide, vibrante et ondulante sur laquelle nous pouvons glisser ou nous reposer afin de nous élever dans le ciel. Elle a un goût, le goût salé et métallique du rocher qui commence à chauffer, le goût de la vie qui revient, le goût de la beauté ; car pour nous beauté est bonté, elle n'est ni un paysage, ni un décor, mais ce qui chauffe notre plumage, nourrit nos muscles et permet de nous hisser vers le ciel en direction de nouveaux cadavres. Ce que tu appelles « lever de soleil », nous l'appelons « lumière qui nourrit » ou « retour de la vie ».

GAYANÉ : Pour eux, je dois être un vulgaire morceau de viande. Un tel regard ne peut se poser sur les êtres avec amour.

VAUTOUR : Si par amour tu désignes ce trébuchement du cœur à la vue de nos oisillons, si par amour tu désignes la crainte de voir les corps frêles de nos enfants tomber dans le vide et devenir cadavres à leur tour, si par amour tu appelles le fait de renoncer à notre part de viande pour leur croissance, alors, petite, nous connaissons l'amour. Seulement, la vie est trop rude, le froid trop présent, la faim trop tenace pour que nous puissions poser comme vous ce regard de douceur sur les autres chairs du monde.

Le vautour disparaît soudainement, aspiré par la colonne d'air chaud, mais d'autres surgissent à sa suite et bientôt, c'est dans le ciel un ballet, ou plutôt une ronde de charognards qui glissent, tournoient, fendent l'azur, tombent comme des bombes ou planent longtemps sur la pâte liquide de l'air. Souvent, ils se rapprochent du nid de Gayané, frôlent cet étrange oiseau aux cheveux d'or, se demandent encore ce que c'est de vivre dépourvu de plumes, puis repartent vers d'autres horizons. Leurs ailes effleurent son visage, elle vacille, les plumes emportent son regard, ses yeux suivent les vols, les orbes et les courbes jusqu'à ce qu'elle sente une partie de son ventre s'arracher et les rejoindre dans le vide, partager un instant leur condition d'oiseaux magiques qui évitent que la chair morte ne pourrisse les alpages ; de sorciers ailés dont la tâche est de transmuer la moelle en éther ; de médiateurs célestes entre la pourriture et l'esprit.

***

Sur l'autre versant, Maniolos somnole en profitant des premiers rayons du soleil.
– Tiens, la petite a de la visite ! dit-il en soulevant les bords de son chapeau. Aigles, vautours fauves, moines, percnoptères, et même un gypaète ! Eh bien, garçon, c'est le ciel entier qui s'est rassemblé là-bas !
Hélias ne répond pas tout de suite, trop occupé à lutter contre l'ennui en construisant de nouveaux cairns autour de leur emplacement.
– Dis, on va rester encore longtemps ici ?
– Le temps nécessaire, fils.
– C'est-à-dire ?
– La journée, c'est sûr, et puis la nuit, peut-être… Quand je vois tous ces vautours autour d'elle, je me dis qu'elle a déjà fait le travail…
– De quel travail tu parles ? Dis Maniolos, à quoi tu joues avec elle ? C'est quoi cette fable dans laquelle tu nous as embarqués ?
– Eh bien, ce n'est pas compliqué ! Cette fille doit se réapproprier son histoire.
– En restant perchée seule sur une montagne, sans tente ni nourriture ?

Maniolos soupire
– Tu aurais pas pu trouver plus simple comme affaire ? insiste Hélias.
– Écoute fils, ton amie a passé sa vie avec la gorge nouée, la tête tournée vers le sol, à subir la honte de sa mère et les regards méprisants des anciens. Le temps est venu qu'elle redresse la tête et comprenne combien le monde est beau, combien la montagne est vaste, combien la liberté de l'altitude est désirable ! Là-haut, l'expérience est dure, mais son cœur est plein.
– Plein de quoi ?
– Plein de beauté, plein de confiance. La Lumineuse est un médecin silencieux qui est en train de la rétablir dans l'existence. Maintenant qu'elle sait la vérité et qu'elle connaît la racine de son mutisme, maintenant qu'elle a vu toutes les aurores, sa langue reviendra. Demain, elle descendra vers nous avec la parole, puis elle ira au village rétablir la vérité. Elle ira rappeler aux anciens leurs fautes et aux siffleurs leur histoire. Alors nous serons vengés, alors nous relèverons la tête, alors ce fichu Alpage sera lavé de ces malédictions qui ne sont que les conséquences de notre ignorance.
– Et pourquoi tu vas pas leur dire ça toi-même ?
– Car il vaut mieux que cette vérité afflue de la bouche d'une enfant, espèce de bouc ! Ce n'est pas à moi de relever la tête et de m'emparer du futur. C'est à vous.
Maniolos se redresse en faisant craquer sa carcasse, regarde la danse des vautours au-dessus de la cache de Gayané et baisse les bras :
– Et puis, je sais pas faire autrement, moi, le berger, que d'envoyer la petite assez haut pour se rétablir. Je n'ai eu que

la montagne pour me nourrir et me guérir, alors je fais là ce que je pense faire de mieux.
Le doyen des bergers se retourne vers la falaise, Hélias continue à déplacer les cailloux pour s'approprier ce morceau de désert.
– Allez, midi descend dans le ciel, s'exclame le berger. Il est temps de lui rappeler la langue des aigles.

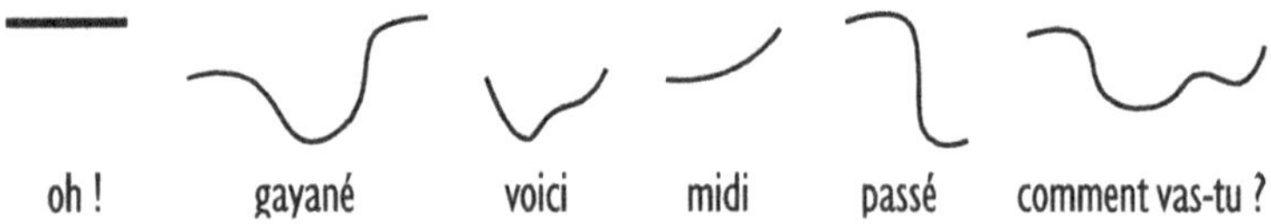

De l'autre côté de la falaise, Gayané entend un sifflet strident déchirer l'air. Les oiseaux s'éloignent puis reprennent leurs rondes, spirales, hélices et volutes.

Répète Maniolos et son sifflet se mélange à la nuée. Le soleil a annulé toutes les ombres, il est désormais impossible de se cacher de sa brûlure. Sous l'impact des rayons, la roche vrombit encore.

Le son aigu, limpide et pur fait des hauteurs et des creux, s'envole, redescend, puis remonte brusquement à la manière d'une vague sonore qui semble épouser les courbes des vautours.

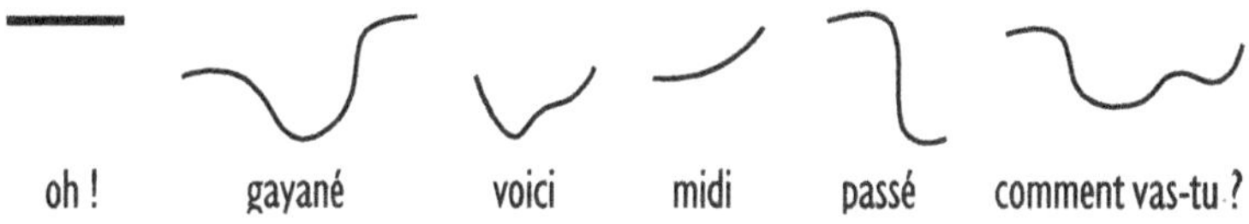

Le soleil décroche de son zénith, son élan se convertit en chute.

Les vautours roulent encore dans le ciel, la Lumineuse crache la neige fondue de la journée.

Le bruit se fait mélodie et le son devient sens. Aux oreilles de Gayané, les sifflets se transforment en une série de mots qui, liés aux autres, commencent à composer des phrases. Le premier sifflet devait être un appel, les syllabes qui suivaient pouvaient être celles de son prénom, le milieu de la phrase quelque chose en rapport avec la position du soleil dans le ciel. À la fin, le son s'envolait comme au terme d'une question.

Comme Maniolos la veille, elle rapproche les mains de sa bouche, met ses index en crochet, place les phalanges entre ses dents et souffle : l'air de sa gorge frotte sa peau puis continue sa course. Frustrée, Gayané resserre ses doigts afin de restreindre l'espace destiné au souffle. Elle inspire, expire fort à nouveau, et cette fois-ci, sent l'air vibrer entre ses mains. Elle répète la chose une dizaine de fois sans succès. Les muscles de ses joues se crispent, sa langue s'engourdit, elle place encore les index entre ses lèvres et souffle jusqu'à ce que l'air de son ventre remonte sa gorge, s'engouffre entre l'étroit couloir formé par ses doigts et devienne enfin un son aigu, un sifflet perçant le ciel :

Voilà ! s'écrie-t-il ! Voilà, la petite a compris ! Elle siffle !

Gayané répète la chose. Le son sort à nouveau, plus équilibré, plus clair, plus limpide. Il s'agit désormais de le reproduire, le contenir, le maîtriser, jouer avec lui, le tendre et le distendre, le tordre et le retordre, le sculpter, le mouler pour qu'il imite les mots qu'elle veut expulser de son ventre.

oh !

Le sifflet d'appel part droit en direction du versant opposé :

ma

Une première syllabe se dessine dans l'air :

ma nio

En face, Maniolos retient son souffle.

ma nio los

Le doyen des bergers saute de joie.

gayané tu siffles !

La fille lui répond :

ma nio los

oui ?

la voix est enfin sortie de la gorge

gayané fille de siffleurs tu es reine ! comment vas-tu ?

je vais bien bleue est la montagne mais maniolos

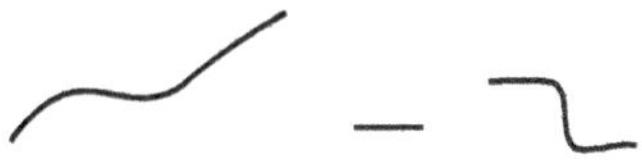

quand viendrez-vous me chercher ?

demain à l'aube fille à l'aube !

Ils conversent longtemps ainsi, échangeant au sifflet des phrases efficaces jusqu'à ce que le soleil tombe du ciel et que le froid revienne. Les vautours se rassemblent, tournoient, puis convergent subitement vers l'opposé du nid de Gayané, en contrebas de l'emplacement d'Hélias et Maniolos. Ils se rapprochent du sol, réduisent leurs cercles, concentrent leurs regards sur un seul et même point en contrebas. Curieuse, Gayané suit leur piste, plisse les yeux, concentre sa vue sur l'endroit qu'ils fixent, croit voir une silhouette humaine avancer en direction du campement de ses deux amis. Soudain, son cœur se décroche. « Maniolos », veut-elle crier, mais de sa gorge ne sort qu'un embryon de parole. Alors elle place ses doigts en sa bouche :

oh ! maniolos

Le doyen ne répond pas.

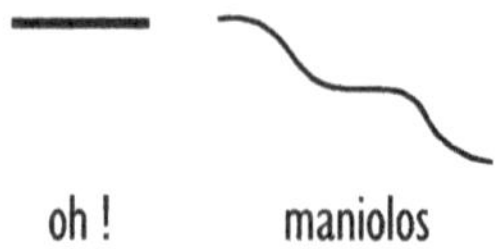

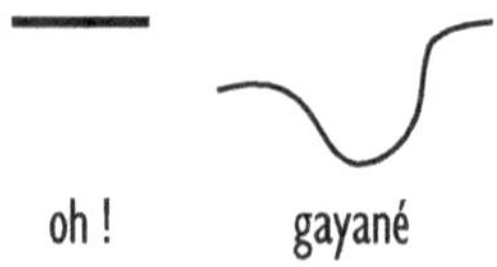

Elle se retourne, va chercher auprès du feu le fusil de la Mule, s'allonge à plat ventre, le canon tendu sur les pierres du muret, place son œil dans la lunette afin que le monde s'agrandisse, braque cette dernière sur la nuée de vautours, descend d'un cran jusqu'à ce que son cœur chavire à nouveau, mais de peur cette fois, lorsqu'elle découvre une fourche brandie en l'air, et sous elle un homme avec un fusil en bandoulière, le même homme qui les avait menacés sur la place du village avec ses yeux de feu et ses babines pleines de rage. Elle lâche le fusil, siffle encore :

Un coup de fusil éclate. Gayané s'allonge à plat ventre. Le fusil en joue, l'œil à la lunette, elle voit l'homme à la fourche pointer son arme en direction de Maniolos. Un second coup de feu retentit, elle relève son regard, croit voir le chapeau du berger caché derrière une pierre. Un troisième coup cisaille le ciel. Les vautours s'enfuient, Gayané décale le fusil en direction de l'origine du tir : le corps de l'homme à la fourche apparaît à nouveau, au centre de la lunette, trop loin pour qu'elle puisse voir son visage. Que faut-il faire ? Laisser les choses advenir, comme elle a toujours fait ? Baisser le fusil comme elle a toujours baissé les yeux ? Ou faut-il là, maintenant, empoigner son destin, oser, intervenir, ouvrir la charnière, vérifier la munition, rabattre la charnière, relever le fusil, ancrer la crosse dans l'épaule, bien profond dans le creux de l'épaule, comme la Mule lui a enseigné, coller sa joue contre l'arme, viser, bien tenir le canon, enlever le cran de sécurité, placer le doigt sur la gâchette, et tirer, tirer à son tour, sans fermer les yeux, en conservant sa cible en joue ?
Elle tire, le canon se redresse, la crosse lui enfonce l'épaule, ses oreilles bourdonnent. Elle remet immédiatement son œil à la lunette, voit l'homme à la fourche au sol, à plat ventre dans la poussière, elle vise à nouveau, tire encore, la détonation résonne dans le canyon, l'excitation et la peur s'emparent d'elle. Elle tire et retire, trois fois, quatre fois, cinq fois, par cinq fois elle décharge sa rage sous la forme de balles, et chacune d'elles emporte à la vitesse d'un éclair un poids, un tourment, une haine, qui vient s'éclater sur la pierre, tout proche de la chair de l'homme à la fourche. Elle sent les ancêtres affluer, frémir, jubiler, crier en chœur : « *Venge-nous, venge-nous !* » Elle appuie encore sur la gâchette jusqu'à vider le chargeur, peste, regarde à la lunette,

l'homme est toujours à plat ventre, mais à cette distance, impossible de savoir s'il a été touché par les tirs. Elle entend un cri, voit une traînée de poussière, et devant la traînée, la silhouette de Maniolos dévaler la pente en hurlant avant de se ruer sur le corps de l'adversaire. Un gros nuage de poussière se forme autour du tumulte, en lui les coups de poings et de canne fusent, les corps roulent, les dents volent, les mâchoires craquent. Inquiète, Gayané appuie sur la gâchette avec frénésie jusqu'à ce que le temps passe, que le nuage se stabilise, que la poussière repose.
Une silhouette imposante apparaît.

***

Le soleil mourut et son agonie fut jaune, orange, verte, bleue et violette. Le calme revint, les vautours et les aigles rentrèrent en leurs nids, les contours de la montagne se liquéfièrent. Les sommets tanguèrent, les arêtes devinrent lambeaux, les crevasses vagues et les neiges écumes.
Au milieu de la houle, Gayané se tenait droite et fière, pleine de force, affermie par les tirs, rassurée par l'issue du combat. Ses tempes chauffaient encore du plaisir de la vengeance, elle avait envie de recharger le fusil et tirer, tirer à nouveau vers le ciel, vers les pierres, vers l'homme à la fourche et tous ceux qui les avaient bâillonnés par leurs mensonges. Il suffirait de

suivre son désir de sang, se disait-elle, de s'attacher au bruit du canon, de multiplier le feu, de toucher les chairs dans leurs profondeurs et justice serait enfin rendue. C'était ce que les ancêtres semblaient lui souffler sous le clair de lune : « *Venge-nous, venge-nous comme tu nous as vengés de l'homme à la fourche. Si tu ne nous venges pas, qui le fera ? Qui le fera ?* » répétaient-ils en se pressant à ses côtés. Leur désir de vengeance croissait, il prenait désormais des proportions inquiétantes. Aurait-il une limite ? Existait-il une manière de s'extraire de l'interminable spirale des représailles ? Faire couler le sang qu'ils demandaient risquait d'appeler le sang à nouveau, car le crime appelle le crime et l'injustice la violence ; car les lois de la matière fonctionnent selon celles du talion, par rebonds des souffrances et accroissement de la fureur…

Gayané contempla la douceur de la Lumineuse, indifférente à ces questions. Malgré sa rage, elle sentait qu'il existait en elle une autre force qui lui éviterait le piège de la haine. Cette autre force, c'était de l'intelligence nourrie par beaucoup de cœur, le geste difficile de limiter sa colère, de la remplacer par des mots, par la douceur, par une ouverture, par quelque chose d'impossible, comme l'amour, ou même… le pardon ? Demain, elle n'ira pas au village pour tirer dans les foules, demain elle prendra le chemin du retour pour parler. Pour dire ce qui n'a pas été dit sur la place. Pour raconter combien la vie est forte dans le ventre de la Lumineuse. Pour esquisser les contours d'un nouveau futur. Et si les fourches se dirigeaient vers son visage, elle resterait droite et fière, le fusil toujours en bandoulière. Elle pressa les ancêtres contre son cœur une dernière fois, puis les chassa de l'alcôve d'un revers de main :
– Arrière, ancêtres, mon sang m'appartient !

Les ombres partirent. Les questions cessèrent. Gayané s'apaisa. Elle traversa la nuit avec confiance, fit du feu son allié, maîtrisa le froid et les songes, joua avec la clarté de la lune. Au milieu de sa traversée, elle alla vers ce lieu de nulle-parole, où la voix s'annule et fleurit à la fois, cet endroit où les mots trouvent enfin une valeur et un poids.

La nuit s'étira encore et passa sur sa peau comme les vagues sur le rivage
Profonde était la nuit
Toute piquée d'astres, de comètes et de nuages
Car la nuit est une fresque à mille couleurs cachées
Car rien n'est noir pour l'œil qui sait voir.

Gayané huma la nuit. Elle se baigna entre les nébuleuses avant que revienne l'aube, sous la forme de voiles rosés. Avec l'aube arrivèrent aussi Maniolos et Hélias. Lorsqu'ils parvinrent à la grotte, ils la découvrirent blottie autour des braises. Le doyen des bergers caressa ses joues pleines de gel et de suie. Il serra des dents, honteux de ce qu'il venait de lui faire subir. « Je n'aurais pas dû, je n'aurais pas dû », se dit-il. Il la prit dans ses bras, l'installa sur son épaule, puis la descendit des montagnes, en direction de l'Alpage.

CHANT DES VAUTOURS

Voici plusieurs jours que nous voyons grimper en notre direction quatre humains qui pensent avancer inconnus. Depuis le début de cette histoire, nous les suivons grâce à nos regards qui percent les brumes, contournent les épines, et voient chaque détail, de la boucle d'or du vieillard à la crinière de l'ânesse en passant par les variations de lumière dans les yeux de la jeune fille.

Tout a commencé sur une place de village éclaboussée par le soleil. Quatre d'entre eux, une bête, et un cinquième homme se sont détachés du groupe, ont traversé la Forêt, campé à l'Alpage, avant de venir à notre niveau, au lieu où la roche se désagrège dans le ciel.

Depuis leur arrivée
Leurs ancêtres sont venus en nos plumes
La petite au fusil a campé en nos nids
Le jeune a entassé des pierres pour se rassurer
La femme à l'ânesse a fait le choix de l'autre versant
Le cinquième homme a été tué par le vieux berger qui ne cesse de siffler.

C'est sur ce dernier que notre attention se concentre. Regardez-le : ses gestes modifient les lois de la matière, son corps fait interface entre la terre et l'esprit, sa parole se rapproche de la nôtre et, contrairement aux autres membres de son espèce, sa peau sait résister au froid, à la fatigue et à la faim. Il semble être de ceux qui peuplaient l'Alpage de leurs sifflets et tentaient de se rapprocher de notre condition. Mais grand-père se fait vieux maintenant, son squelette craque et son corps se rapproche lentement de l'herbe, de la boue et des ronces. Il est possible qu'il nous demande de le ramener au ciel. Gardons un œil sur lui. Restons vigilants.

XI

LA VENGEANCE DE GAYANÉ

(nous reviendrons siffler dans les brumes)

Au milieu des ruines de l'Alpage chauffées par le soleil, un feu crépitait. Ses flammes multipliaient la chaleur et ramenèrent Gayané à la vie. La jeune était allongée sur une pierre et enveloppée d'une couverture que Maniolos avait pris soin de déposer sur les épaules. Ses yeux allaient vers les braises, mais ils regardaient ailleurs. Ils se souvenaient des bords de la montagne partis en lambeaux, de l'or qui coulait hier sur le glacier, des pupilles froides et ambrées des vautours, de l'odeur de la moelle brûlée, du goût des fleurs en la bouche. Non, je ne veux plus descendre, se dit-elle, je veux plutôt remonter, retourner au pied de la Lumineuse, dans ce ventre de mère, ces bras de père, ce rêve de rochers, qui flotte là-haut, à quelques encablures du monde.

À côté d'elle, une casserole usée chauffait sur le feu. En elle, Maniolos mélangeait du lait et du miel avec gravité. Son regard froncé était dirigé vers les deux matières qui se rencontraient. Dans le monde plein de fureur, ces deux liquides ont été séparés. Mais là, au milieu de cet alpage et sous les mains du grand-père, les deux substances se rejoignaient, le miel se mélangeait encore au lait, l'or s'unissait à la neige fondue et emplissait nos narines d'une odeur animale et sucrée. Maniolos déposa la louche à côté du brasier puis effectua l'alchimie avec la peau rugueuse de ses mains. Ce n'était pas un mélange mais une onction qu'il réalisait au milieu des ruines et du soleil, une onction destinée à apaiser les gorges de ses enfants muets, une pommade à déposer sur les contours acérés du monde, afin que les mémoires se libèrent et que tout recommence comme avant, comme au début de cette histoire, lorsque nous vivions en paix en notre petit village et qu'aucun rêve ne venait troubler nos nuits. Maniolos versa le lait et le miel dans le verre de Gayané. Cette dernière se redressa et but le liquide plein d'or et de neige qui réchauffa sa gorge, réveilla son ventre, ouvrit ses yeux, raviva les bouquets.

Une parole chercha à advenir. Elle essaya de faire remonter le son de son ventre à ses lèvres, puis de ses lèvres à l'air, mais ne sortit qu'un maigre filet de sens. « Siffle », lui dit Maniolos, alors elle remit ses doigts à la bouche et tenta à nouveau l'expérience de la veille :

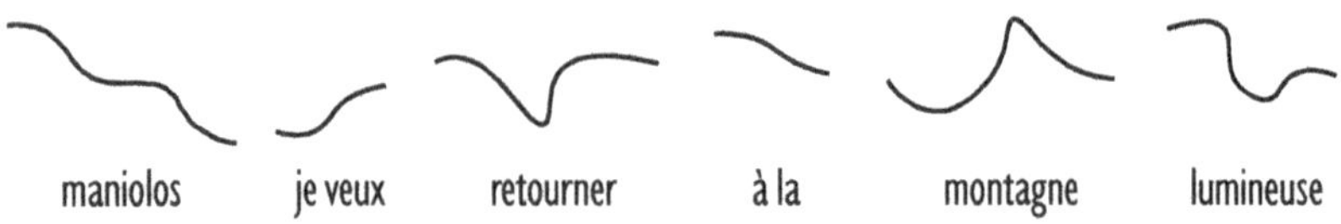

Le vieux berger sourit :
– Non, tu sais que ton devoir est ailleurs.
Gayané baissa la tête.

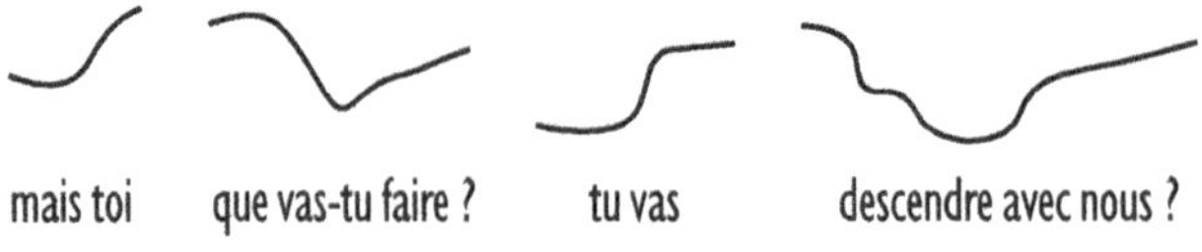

– Moi, je vais rester ici, au milieu des pierres.
Hélias bondit, regarda le visage de l'ancien tuméfié par la lutte de la veille, pointa du doigt sa côte gauche qu'il tenait régulièrement en se crispant de douleur.
– Non ! Comment vas-tu survivre ici ? Tu es blessé ! Depuis hier, tu caches tes plaies et tiens ta côte en serrant les dents. Redescends plutôt avec nous, grand-père…
Maniolos ignora ses remarques :
– J'ai de quoi coucher. J'ai du bois non loin d'ici et encore quelques victuailles dans les sacoches. Vous, vous allez descendre au village accomplir votre destin sur la place. Lorsque cela sera fait, vous leur direz, en plaçant votre regard dans celui des anciens, que le vieux Maniolos les attend à l'Alpage. Vous direz qu'il a commencé à reconstruire les ruines. Que sa main droite est tendue vers la leur. Que ses bras sont ouverts. Que son sourire est grand. Qu'il se propose même de garder leurs brebis pour les années à venir. Vous leur direz aussi que l'Alpage du Grand Lac n'est plus hanté. Que les pâtures y sont immenses et grasses. Vous leur direz qu'elles sont à tous et à personne, mais qu'il y a assez de place pour les brebis du village. Dans deux jours, vous reviendrez ici, accompagnés des villageois qui veulent vous croire. Vous monterez avec quelques bêtes et surtout, avec plusieurs mulets. Je veux que leurs paniers soient chargés de pain, de fromage et de viande, mais aussi d'outils. Je veux des marteaux et des clous, des planches et des scies, des haches, des crochets et du cordage, je veux des mètres et des crayons… Ensemble, nous reconstruirons le village des siffleurs.

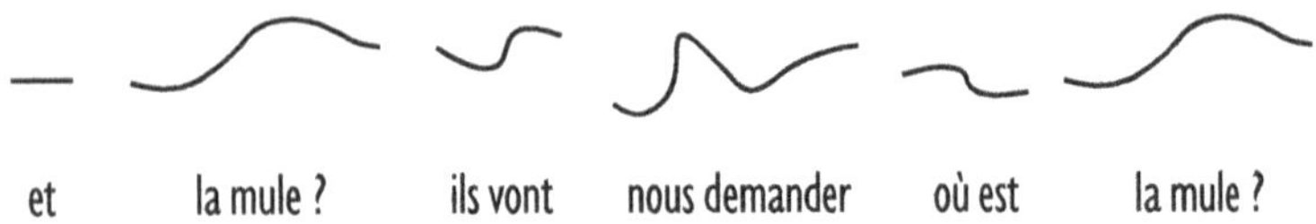

– Au sujet de la Mule, ne dites rien. Ou alors, dites qu'elle est encore à l'Alpage. Elle repassera par là les prochains jours, c'est certain. En attendant, mes enfants, finissez le lait, et reprenez le chemin des brumes.
Il se leva avec peine en tenant son flanc droit.
– Avant que vous ne partiez, voici une dernière chose : la vengeance appelle la vengeance, le sang multiplie le sang, la haine accouche de la haine !

***

Ils quittèrent l'Alpage pendant l'après-midi sous les salves de sifflet de Maniolos qui les accompagnèrent jusqu'à la brume. Gayané et Hélias plongèrent ensuite dans la Forêt où ils retrouvèrent le royaume des ombres, la pourriture des sous-bois, la demeure des salamandres, des chauves-souris et des limaces. Mais le soleil d'altitude était passé sur leurs visages. Ainsi, leurs pas étaient droits, leurs peaux bronzées et épaisses, leurs regards tendus vers leur objectif. Haut sur la montagne, Gayané avait vu de l'autre côté de la matière. Désormais, ses mains se dressaient face aux ombres et son cœur embrassait toutes les créatures gluantes. Ils dévalèrent les pentes, traversèrent la clairière du premier bivouac, sautèrent de pierre humide en pierre humide jusqu'à un détour de chemin où le feuillage s'ouvrit. En contrebas, une série de maisons se serraient contre un clocher tendu vers le ciel. C'était le village. Ils regardèrent derrière eux. Le soleil accélérait sa descente vers la terre. Les cloches sonnèrent. Cinq jours venaient de s'écouler. Ils revenaient au village en ayant résolu le secret de l'Alpage.

C'était le même village qu'ils avaient quitté, composé des mêmes pierres, des mêmes ruelles, du même clocher, de la même place ruisselante du sang de toutes les bêtes égorgées. Et pourtant, les choses avaient changé. La Montagne Lumineuse avait diminué, les maisons s'étaient rétrécies, la montagne arrondie, la Forêt était devenue terne, les sapins semblaient tristes, leurs branches sombres tombaient vers la terre comme des pleurs. Au souvenir de l'immensité du ciel, des explosions de soleil, de l'étincelance de la glace, de l'étendue des pensées et de toutes les voies ouvertes là-haut, ils craignaient de retrouver l'étroitesse des esprits. Ils avaient peur des plaintes, des médisances et des paroles sans substance, peur que le bruit l'emporte sur le silence, la bêtise sur la raison et la pointe des fourches sur la nécessité du dialogue. Ils avaient peur que le tumulte écorche l'expérience vécue dans le ventre de la Lumineuse, peur que les villageois ne comprennent pas ce qu'ils cherchaient à leur dire.
Gayané et Hélias se rapprochèrent encore des maisons. Leurs cœurs battaient fort. Quelque chose allait s'accomplir.
Ils contournèrent le village par la gauche, en direction d'un promontoire. Là, Gayané se campa sur ses deux jambes. Elle noua ses cheveux, serra le fusil de la Mule qu'elle avait ajusté en bandoulière, dirigea son regard vers le village, sentit des plumes lui pousser dans le cou, plaça deux doigts entre ses lèvres.

***

Ce matin, la mère de Gayané se leva à l'aube avec cet arrière-goût de cendre qui lui grattait la gorge depuis le départ de sa fille. Pendant que le café chauffait, elle contrôla l'état du ciel à la fenêtre, en espérant que les pentes de la montagne lui offriraient la lumière qu'il lui manquait. Mais, comme d'habitude, le ciel était bas. Il était même venu se coller à la terre sous la forme d'une bruine humide qui circulait entre les sapins. Le café refroidit, la matinée passa. À midi, les brumes se levèrent un peu puis les heures maussades défilèrent encore, l'horloge du temps s'écoula sur la table jusqu'à cette déchirure dans le ciel et en elle à la fois. Elle entendit un sifflet percer l'air. Elle tressaillit, son cœur s'accéléra, son sang se mit à bouillir. Elle crut à un mauvais rêve, mais un second sifflet lui parvint, plus distinct que le premier. Ses mains tremblèrent. Était-ce possible ? Un troisième sifflet perça l'air :

Avec lui, un rayon de soleil entra dans la maison. Elle trébucha, agrippa son foulard noir au portemanteau, enveloppa sa tête avec le tissu plein de charbon.

maman !

Elle posa sa main ridée sur la poignée de la porte d'entrée, poussa le battant, des rayons dorés envahirent son visage puis le reste du village. Dehors, les villageois sortaient sur les seuils de leurs maisons, la tête tournée vers la source du son. Ce dernier semblait provenir de la Forêt, et même du chemin qui menait à l'Alpage du Grand Lac.

maman !

Ôte ce foulard et relève tes yeux au ciel

Siffleurs, muets, rehaussez avec elle vos regards

Les villageois scrutèrent la montagne.

Me voici revenue, moi, Gayané, fille de siffleurs
Me voici revenue peupler la montagne de sifflets !

Les mains des anciens se crispèrent sur leurs cannes.

J'ai remonté la Forêt de vos mensonges jusqu'à l'Alpage
J'ai traversé les sous-bois de notre passé jusqu'à la clarté du Grand Lac
Là-haut, notre sorcier m'a raconté le sang sur le rocher
Et toutes les choses cachées
Enfouies en nos gorges depuis une multitude d'étés

Maintenant, les villageois distinguaient sa silhouette, perchée sur un promontoire, droite, cheveux noués, fusil en bandoulière.

Il y a plusieurs centaines de lunes
Les anciens chassèrent leurs frères de l'Alpage
Ils les évacuèrent de leur monde
Enfouirent leurs gestes en leurs mémoires
Par peur qu'un jour vacille leur pouvoir

Une fourche tomba par terre.

Mais ce que l'on ne reconnaît pas
Ne meurt jamais!
Mais les mensonges enflent comme des plaies mal cicatrisées
Et il faudra plusieurs séries de mots pour les guérir
Ainsi que des guirlandes de pardons
Déployées sur la place publique
Afin que nos morts meurent
Et que le langage revienne
Car ici, les morts ne meurent pas
Ils continuent à habiter les tréfonds de nos gorges
Ils coulent encore depuis la montagne dans les cheveux de vos filles
Ils viennent perturber l'équilibre précaire de notre petit village

Elle attendit que le son se diffuse avant de reprendre:

En raison du tabou
Les enfants des siffleurs gardèrent leurs langues en bouche
Mais le vieux berger a parlé
Il a révélé les secrets de l'Alpage
M'a conduite à la Lumineuse
Où à la suite des aurores

J'ai retrouvé notre langage

Les ongles des Anciens se plantèrent dans le bois. Il aurait fallu faire taire la petite, par tous les moyens. Il aurait fallu la tuer même, si cela s'était présenté. Mais il était trop tard. La vérité se répandait sur le village. Les fourches tombaient. Les siffleurs relevaient l'échine. Le vieux pâtre avait-il gagné ? Après des années d'attente, avait-il réussi à raviver le passé ? Où était-il, le traître ? Depuis quel endroit de cette terre savourait-il sa vengeance ?

Grand-père est resté là-haut, dans son village
Sa main droite est tendue vers vous
Ses bras sont ouverts
Son sourire est grand
Il dit que les pâtures ne sont plus maudites
Qu'elles sont grasses de toutes les neiges fondues
Et assez larges pour accueillir l'ensemble de nos moutons
Là-haut, notre nouveau berger vous attend
Il a oublié le mot vengeance
Il a seulement besoin de marteaux et de clous, de crochets et de planches, de pain et de fromage, afin qu'il puisse reconstruire notre Alpage.

La brume se dispersa
Les rayons revinrent
Le foulard de sa mère tomba à terre
L'odeur de cendre disparut

À sa place, elle sentit les pétales d'une fleur naître puis s'épanouir, juste au niveau de ses cordes vocales.

ÉPILOGUE

Haut dans la montagne
Une femme et son âne descendent d'un col
Vers une vaste pelouse où s'abreuve le soleil

Dans le ciel tournent des rondes de vautours
Spirales et volutes, colonnes ailées
Ils font la jonction entre la terre et l'espace
La matière et l'esprit
Ils chantent, rient et sourient
Le regard dirigé vers un corps abandonné
Un corps de berger
Qui couché au milieu d'un pierrier
A fait d'une ruine
Son ultime sommier

Ses pieds s'emmêlent aux pensées
Son sourire rejoint une boucle dorée
Une de ses mains est posée
Sur ses côtes fêlées

C'est le corps d'un berger
C'est le corps d'un ami
Qui plus lourd qu'une pierre
Fait désormais ancre

Au milieu des prairies.

REMERCIEMENTS

Les histoires ne viennent pas de nulle part, mais des terres où elles ont été conçues, de tous les livres lus, des musiques écoutées, des mémoires passées qui surgissent au détour d'un sentier. L'idée de celle-ci a germé lors d'une résidence d'écriture dans le Val d'Azun (Pyrénées). Puis elle a été écrite, réécrite et sculptée dans le massif des Écrins (Alpes), d'avril 2023 à mars 2024. À l'issue de sa rédaction, je tiens à remercier :

Mathilde Walton, Gaspar Bouillat-Johnson, les organisateurs de la résidence et festival éco-poétique Le Murmure du monde, Éric Delgado, ainsi que toutes les personnes rencontrées lors du séjour pyrénéen.

Le CNL, pour l'attribution d'une bourse de résidence.

L'équipe du Mot et le reste qui a transformé ces mots en livre.

Les derniers siffleurs d'Aas, et autres bergers siffleurs du monde qui m'ont sifflé une partie de l'inspiration.

Les musiciens French 79, Jean-Michel Jarre, Phosphorescent, Ennio Morricone, et bien d'autres encore, dont les musiques m'ont accompagné lors des longues heures d'écriture.

La galaxie des artistes qui m'ont aidé à concevoir cette histoire. Je pense à l'écrivain grec Nikos Kazantzaki et à ses œuvres magistrales, aux livres de Charles Ferdinand Ramuz, Carlos Castaneda, Henri Gougaud, Alain Damasio, Bérengère Cournut, Jón Kalman Stefánsson ; aux peintures de Marianne von Werefkin ou Jean-Antoine Linck ; aux films *Sibel* de Çağla Zencirci, Guillaume

Giovanetti, *Manon des sources* de Claude Berri, *Hostiles* de Scott Cooper, pour ne citer qu'eux.

Je remercie aussi Simon Louche pour m'avoir aidé à imaginer la transcription graphique du langage sifflé, Walid Bekhti pour ses précieux conseils, ainsi que toutes les personnes qui me soutiennent, de près ou de loin pendant la rédaction de mes livres.

S'il est possible de remercier des ruisseaux, je remercie celui du Hôo, qui a fait déborder mon psychisme lorsque nécessaire.

S'il est possible de remercier des montagnes, je remercie celles du massif des Écrins dans lesquelles je vis et écris. Les sommets, glaciers et vallées qui m'entourent sont les creusets de mes mots, les terreaux de ma langue, les théâtres de mes histoires, les laboratoires de chacun de mes textes, mes véritables maîtres.

S'il est possible de remercier des ancêtres, je remercie les ancêtres arméniens qui sont venus se mêler et s'emmêler à cette histoire.

Enfin, je remercie les bergers et bergères de mon entourage, notamment Zoé, Ivan, Ophélie, qui me font vivre le pastoralisme montagnard par procuration. Tous les jours à l'ombre du monde ils tentent d'allier matière et esprit, bon sens pratique, et poésie.

TABLE DES MATIÈRES

Achevé d'imprimer en juillet 2024
par Sépec numérique

ISBN: 978-2-38431-434-8
Dépôt légal: août 2024

Imprimé en France